크로이체르 소나타

러시아 고전산책 04

크로이체르 소나타

초판 1쇄 1997년 9월 20일
개정판 1쇄 2019년 10월 22일

지은이 레프 톨스토이 | **옮긴이** 고일
펴낸이 박진숙 | **펴낸곳** 작가정신
편집 황민지 김미래 | **디자인** 용석재
마케팅 김미숙 | **홍보** 정지수 | **디지털콘텐츠** 김영란 | **재무** 윤미경
인쇄 및 제본 한영문화사

주소 (10881) 경기도 파주시 문발로 314
대표전화 031-955-6230 | **팩스** 031-944-2858
이메일 editor@jakka.co.kr | **블로그** blog.naver.com/jakkapub
페이스북 facebook.com/jakkajungsin | **인스타그램** instagram.com/jakkajungsin
출판 등록 제406-2012-000021호

ISBN 979-11-6026-147-9 03890

이 도서의 국립중앙도서관 출판시도서목록(CIP)은 서지정보유통지원시스템 홈페이지(http://seoji.
nl.go.kr)와 국가자료공동목록시스템(http://www.nl.go.kr/kolisnet)에서 이용하실 수 있습니다.
(CIP제어번호 : CIP2019038379)

크로이체르 소나타

레프 톨스토이 지음 | 고일 옮김

Крейцерова соната

Лев Н. Толстой

작가
정신

일러두기

1. 이 책은 톨스토이 탄생 150주년을 기념하여 러시아 모스크바에서 출간된 전집 Л. Н. Толстой, Собрание сочинений в 22 томах (Москва, 1978~1985) 중에서 제12권에 실린 「크로이체르 소나타 Крейцерова соната」를 온전히 옮긴 것이다.

2. 각주는 모두 옮긴이 주다.

3. 베르스타, 사젠, 아르쉰, 데샤티나 등 미터법 시행 전 러시아에서 쓰였던 단위들은 당시의 분위기를 살리고자 그대로 두되, 처음 언급될 때 옮긴이 주로 설명했다.

차 례

그러나 나는 너희에게 이렇게 말한다. 누구든지 여자를 보고 음란한 생각을 품는 사람은 벌써 마음으로 그 여자를 범한 것이다.

— 「마태오의 복음서」 5장 28절

제자들이 이 말씀을 듣고 예수께 "남편과 아내의 관계가 그런 것이라면 차라리 결혼하지 않는 것이 낫겠습니다" 하였더니 예수께서 이렇게 대답하셨다. "그것은 아무나 할 수 있는 것이 아니다. 다만 하느님께서 허락하신 사람만이 할 수 있다. 처음부터 결혼하지 못할 몸으로 태어난 사람도 있고 사람의 손으로 그렇게 된 사람도 있고 또 하늘나라를 위하여 스스로 결혼하지 않는 사람도 있다. 이 말을 받아들일 만한 사람은 받아들여라."

— 「마태오의 복음서」 19장 10~12절

1

이른 봄.

여행을 시작한 지 이틀째 되는 날이었다. 가까운 거리를 여행하는 승객들이 객실을 연신 들락날락하고 있었지만 열차의 시발역에서 승차한 나를 비롯해 객실의 승객 넷은 자리를 지키고 있었다.

투박한 외투를 입고 머리에 조그만 모자를 쓴 밉상의 나이 든 부인은 지친 얼굴로 담배를 피워대고 있었고 그녀의 동반자인 마흔 살가량의 신사는 새 옷을 말쑥히 차려입고 계속 떠들어대고 있었다.

다른 한 승객은 중키의 중년 신사로 홀로 떨어져 앉아 있었다.

그의 머리칼은 곱슬머리였고 나이에 어울리지 않게 이미 희끗희끗했다. 그는 번들거리는 눈으로 쉬지 않고 주위를 살피고 있었다. 고급 양복점에서 맞춘 양털로 깃을 댄 구식 외투를 입은 그는 큰 양털 모자를 쓰고 있었다. 그가 외투 단추를 끌르면 양복 상의와 자수를 놓은 루바슈카[1]가 보이곤 했다. 이 신사는 가끔 기침 소리 같기도 하고 웃으려다 말 때 나는 소리 같기도 한 이상한 소리를 토해냈다. 특이한 사람이었다.

신사는 여행 중 줄곧 승객들과의 대화나 사귐을 피하고 있었다. 승객들이 말을 걸면 퉁명스럽게 건성으로 대답했고 책을 읽거나 창밖을 보며 담배를 피우곤 했다. 또 낡은 여행 가방에서 먹을 것을 꺼내 먹거나 차를 마시기도 했다.

나는 그가 외로워 보여 몇 차례 말을 걸려고 해보았다. 우리는 비스듬히 마주보고 앉아 있었기에 눈길이 자주 마주쳤다. 그러나 그는 매번 나를 외면하고 책을 보거나 창밖을 바라보았다.

저녁에 기차가 어느 큰 역에 멈췄을 때 신경이 날카로워 보이는 그 신사는 밖에서 뜨거운 물을 얻어와 차를 우려내고 있었다. 나중에 알았지만 새 신사복을 단정히 차려입은 변호사인 또 다른 신사는 투박한 외투를 입고 담배를 피우던 부인과 함께 차를 마시러 역 구내로 가고 없었다.

---

1 차이나 칼라에 앞단추가 없는 러시아의 전통 와이셔츠.

그동안 객실에 새로운 승객이 몇 사람 들어왔다. 그중 한 사람은 틀림없이 상인인 듯싶은, 주름살이 깊게 파인 노인으로 담비 외투를 입고 차양이 넓은 고급 나사 모자를 쓰고 있었다. 자리를 뜬 변호사와 부인의 맞은편 자리에 그는 자신과 마찬가지로 이 역에서 기차에 오른 상점 점원인 듯한 젊은이와 함께 앉아 곧장 얘기를 나누기 시작했다.

나는 그들과 비스듬히 맞은편에 앉아 있었던 데다 기차가 정지해 있었기 때문에 객실을 가로질러 가는 사람이 없으면 그들의 대화를 듬성듬성 들을 수 있었다.

노인은 먼저 한 정거장이면 닿게 되는 자신의 영지로 가는 중이라고 말하고 사람들이 으레 그렇듯이 젊은 점원과 물가며 상거래에 대해 얘길 하다가 모스크바와 니제고로드 시장에 대해 이야기를 나누었다.

점원은 노인도 잘 아는 어떤 유명한 부자 상인의 잔치에 대해 이야기하기 시작했다. 그러자 노인은 그의 이야기를 가로채 자신이 가본 쿠나비노의 큰 잔치들에 대해 이야기했다. 그는 자신이 그 잔치들에 가보았다는 사실을 자랑스러워하는 것 같았다. 그는 쿠나비노에서 술에 취해 늘어놓은 농담을 점원에게 열을 올리며 속삭였고 점원은 객실이 떠나가라 웃어젖혔다. 노인도 누런 두 개의 이를 드러내며 함박웃음을 터뜨렸다.

나는 이렇다 할 흥미로운 이야기가 들릴 것 같지 않아 열차가 출발할 때까지 역 구내에서 산보를 하려고 자리에서 일어섰다. 출입문에서 나는 무슨 얘기인가를 활발히 나누며 걸어오는 변호사와 부인을 만났다.

"좀 늦으셨습니다. 벌써 두 번째 기적이 울렸어요."

붙임성 있는 변호사가 내게 말했다.

아닌 게 아니라 나는 객실 끝까지 가지도 못했다. 기적이 울렸기 때문이다. 내가 돌아왔을 때 변호사와 부인은 여전히 활기 넘치는 대화를 하고 있었다. 노인은 그들 맞은편에 앉아 굳은 표정으로 정면을 응시하다가 가끔 뭔가 못마땅한 듯 이를 부딪치고 있었다.

"그래서 그녀는 남편에게 선언했지요. 더 이상 참을 수 없고 함께 못 살겠노라고 말이죠. 이유는……."

내가 지나갈 때 변호사는 미소를 지으며 말하고 있었다.

그는 이어 뭔가 얘기하기 시작했지만 나는 알아들을 수 없었다. 내 뒤로 승객들과 차장이 지나가고 짐꾼이 뛰어 올라오느라고 꽤 소란스러웠기 때문이다. 주위가 잠잠해졌을 때 다시 변호사의 목소리가 들려왔지만 그들의 대화는 이미 사적인 것에서 사회 전반적인 문제로 옮아가 있었다.

변호사는 이혼 문제가 유럽에서는 현재 여론의 관심을 끌고 있고 러시아에서도 점차 그런 현상이 나타나고 있다고 말했다. 그는 자기만 말하고 있다는 것을 깨닫고 노인에게 말을 걸었다.

"옛날에는 이런 일이 없었죠. 안 그렇습니까?"

그는 부드러운 미소를 지으며 물었다.

노인이 뭔가 말하려는 순간 기차가 덜컹 움직였다. 그러자 노인은 모자를 벗고 성호를 그은 후 속삭이듯 기도문을 외우기 시작했다. 변호사는 눈길을 돌리고 점잖게 기다렸다. 노인은 기도를 마치고 다시 성호를 그은 후 모자를 반듯이 깊이 눌러썼다. 그러고는 자세를 가다듬고 입을 열었다.

"있었습니다. 옛날에도 있었어요. 좀 적었을 뿐이지요. 그러나 오늘날엔 이런 일이 있어서는 안 됩니다. 다들 배운 사람들이잖습니까."

기차는 점점 더 빠른 속도로 달리기 시작했다. 열차 바퀴가 레일의 이음쇠에 부딪쳐 나에게 다가오는 진동이 더욱 커져갔다. 나는 노인의 이야기에 흥미를 느꼈는데 소음 때문에 그의 목소리가 잘 들리지 않아서 자리를 옮겨 다가앉았다. 내 맞은편 자리에 앉아 있던, 신경이 날카로워 보이는 신사 역시 눈을 반짝이며 흥미롭다는 듯이 자리를 뜨지 않고 귀를 기울이고 있었다.

"그러면 교육에 뭐가 문제라는 거죠?"

부인이 희미한 미소를 지으며 물었다.

"정말 신랑 신부가 얼굴도 모르는 상태에서 결혼하던 옛날이 나았다는 말씀인가요?"

부인은 대부분의 부인네가 그렇듯이 상대방의 말을 귀담아 듣지 않고 노인이 할 말을 건너짚었다.

"알지도 못하는데 사랑이 가능하겠어요? 옛날 여자들은 누군지도 모르는 사람에게 시집가서 평생 고생했어요. 그래 이게 선생님 생각에는 낫다는 거예요?"

부인은 노인에게보다는 나와 변호사에게 묻는 것 같았다.

"다들 배운 사람들이니까."

노인은 부인을 가당찮다는 듯 쳐다보며 질문에 대한 답을 하지 않고 조금 전의 말을 반복했다.

"교육과 결혼생활, 불화의 관계에 대해 선생님의 의견을 들었으면 좋겠습니다."

변호사가 역시 희미한 미소를 지으며 말했다.

노인이 뭔가 말하려고 하자 부인이 끼어들었다.

"그런 시대는 지났어요."

그러자 변호사가 그녀를 제지했다.

"저분 생각을 들어보죠."

"교육의 폐해라는 겁니다."

노인은 단호한 어조로 말했다.

"사람들은 서로 사랑하지 않는 사람들을 결혼시켜놓고 나서 나중에 화목하게 살지 않는다고 놀라는데요."

부인은 변호사와 나 그리고 자리에서 일어나 허리에 손을 댄 채 웃으며 이야기를 듣고 있던 점원을 쳐다보면서 빠른 어조로 말했다.

"사실 그건 주인 맘대로 동물을 짝짓게 하는 것과 같아요. 그러나 인간은 나름대로 호감이나 애착과 같은 것을 가지고 있어요."

부인은 노인의 자존심을 건드리고 싶은 눈치였다.

"부인의 말씀에는 문제가 있습니다. 동물은 가축이지만 사람에겐 법이 있습니다."

노인이 말했다.

"사랑이 없는데 어떻게 함께 산단 말이에요?"

부인은 아마도 대단히 새로운 것이라고 생각하면서 자신의 의견을 재빨리 덧붙였다.

"예전에 사람들은 그런 것을 문제 삼지 않았습니다."

노인은 감회 어린 어조로 말했다.

"지금은 간단히 이렇게 되었습니다. 여자가 '나, 나가 살 거야'라고 하면 할 말이 없는 겁니다. 유행이 된 거지요. '당신 루바슈카, 바지 여기 있어요. 난 반카²와 나가겠어요. 당신보다 더 곱슬

2 이반의 애칭.

이거든.' 이러면 그만입니다. 그러니까 여자는 무엇보다도 두려워할 줄 알아야 합니다."

점원은 변호사, 부인, 나를 번갈아 쳐다보며 노인의 말에 대한 반응을 살폈다. 그는 억지로 웃음을 참는 것 같았고 우리들의 반응에 따라 노인의 말을 비웃든가 동의할 태세였다.

"두려워할 줄 알아야 한다니요?"

"남편을 어려워하는 거지요! 바로 그런 두려움 말입니다."

"여보세요, 그런 시대는 지났어요."

부인은 얼마간 심사가 뒤틀린 투로 말했다.

"아닙니다, 부인. 그런 시대는 지나가선 안 됩니다. 여자는 이브가 아담의 갈비뼈로부터 창조된 상태 그대로 영원히 남을 겁니다."

노인이 준엄하고 의기당당하게 머리를 한 번 젓고 나서 말하자 점원은 노인이 승리했다고 즉각 판단하고 큰 소리로 웃음을 터뜨렸다.

"당신들 남자들은 그렇게 판단하죠."

부인은 지지 않고 우리를 찬찬히 바라보며 말했다.

"당신들은 자신에게는 자유를 주었지만 여자들은 감옥에 가둬 두길 원해요. 자신에게는 아마도 모든 걸 허용하겠지요."

"허용하는 사람은 없습니다. 집에서 남자로부터 나오는 것은 아무것도 없으니까요. 아내라는 여자는 믿지 못할 이웃 아닙니까."

노인은 타이르듯 이야기를 계속했다.

노인의 타이르는 듯한 억양은 듣는 사람의 마음을 휘어잡는 것 같았다. 부인마저도 압도되는 기분을 느꼈지만 여전히 승복하지는 않았다.

"좋아요. 하지만 여자도 사람이고 남자처럼 감정이 있다는 점에는 동의하시리라 생각해요. 그래서 묻는 건데 남편을 사랑하지 않을 때 여자는 어떻게 하면 좋죠?"

"사랑하지 않는다!"

노인은 눈썹을 치켜세우고 입술을 실룩거리더니 단정 짓듯 말했다.

"아마 사랑하게 될 겁니다!"

예상치 못한 대답에 특히 점원은 만족해하며 동의하는 소리를 냈다.

"아니에요, 사랑하지 않을 거예요. 사랑이 없는데 사랑을 강요할 순 없어요."

부인이 반박하고 나섰다.

"저, 그런데 만일 아내가 남편을 배신하면 어떡합니까?"

변호사가 물었다.

"그런 일은 상상할 수 없습니다. 일어나지 않도록 조심해야지요."

노인이 대답했다.

"그러나 만일 일어날 경우 어떡합니까? 실제 일어나고 있지 않습니까."

"그런 사람이 있겠지요. 우리 집은 아닙니다."

노인이 말했다.

그러자 모두 숙연해졌다. 점원은 약간 몸을 움직이더니 다른 사람들에 뒤지기 싫어서인지 미소를 지으며 입을 열었다.

"그렇습니다. 제가 아는 한 젊은 친구도 스캔들에 휘말렸습니다. 여자들은 겉만 보고는 역시 판단하기 정말 어렵습니다. 행실이 난잡한 여자에게 걸려든 거죠. 여자는 바람을 피우기 시작했습니다. 그러나 남편은 착실하고 교양이 있는 친구였습니다. 첫 상대는 회계원이었습니다. 남편은 그녀를 설득해보았지만 그녀의 바람은 잦아들지 않았습니다. 온갖 추잡한 짓은 다 했습니다. 그녀는 남편의 돈을 훔치기 시작했고 그는 그녀를 때리기까지 했지만 그녀의 못된 짓은 그 도를 더해갔습니다. 이교도와 또 유태인과도, 죄송합니다만, 정사를 벌였습니다. 남편이 할 수 있는 일이 뭐가 있었겠습니까? 그는 그녀를 완전히 포기하고 말았습니다. 그는 아직도 홀로 살고 있습니다. 여자는 여전히 쏘다니고 있지요."

"바보니까 그렇지."

노인이 말했다.

"애당초 외출을 허락하지 않고 잠깐씩만 나갔다 오도록 했다면 아마 지금도 함께 살고 있을 거야. 처음부터 자유를 줘서는 안 돼. 들판의 말을 믿지 말고 집 안의 아내를 믿으라는 거지."

이때 차장이 와서 다음 역에서 하차할 승객이 누구냐고 물었다. 노인은 자신의 기차표를 건네주었다.

"여자란 미리미리 기를 죽여놓아야지 안 그러면 모든 게 허삽니다."

"그러면 조금 전 노인께서 가정이 있는 남자들이 쿠나비노 시장에서 재미를 보았다고 한 건 뭡니까?"

나는 참지 못하고 물었다.

"그건 별개의 문젭니다."

노인은 이렇게 말하고 입을 굳게 다물었다.

기적이 울리자 노인은 자리에서 일어나 좌석 아래에서 긴 자루를 꺼내 메고 모자를 쓴 후 밖으로 나갔다.

2

노인이 가자마자 여러 목소리가 뒤섞인 대화가 시작되었다.

"구약성서에 나오는 어른이에요."

점원이 말했다.

"살아 있는 도모스트로이[3]군요. 어쩜 그렇게 여성관, 결혼관 모두 야만적일까!"

부인이 말했다.

"그렇습니다. 유럽의 결혼관과 너무 동떨어져 있습니다."

변호사가 말했다.

"정작 중요한 걸 저런 사람들은 이해하지 못하고 있어요. 애정

---

3 16세기 러시아에서 작성된 가정생활 지침서

이 없는 결혼은 결혼이 아니라는 점 말이에요. 오직 사랑만이 결혼을 성스럽게 하고 진정한 결혼은 오직 사랑으로 성스러워지는 거지요."

부인이 말했다.

점원은 나중에 써먹기 위해 똑똑한 사람들의 대화에서 가능한 많은 걸 기억해두고자 귀를 기울이며 미소를 짓고 있었다.

부인이 이야기하는 도중 내 뒤쪽에서 마치 숨죽여 웃거나 우는 듯한 소리가 들려왔다. 우리는 고개를 돌리고 나서야 소리의 주인을 알아보았다. 내 맞은편에 앉아 있던, 눈이 번들거리고 머리가 희끗희끗한 신사였다. 그는 우리 이야기에 흥미를 느낀 듯 어느새 가까이 다가와 앉아 있었다.

그는 흥분한 듯이 좌석의 등받이에 두 손을 짚고 일어섰다. 얼굴은 상기되어 있었고 한쪽 뺨에는 경련이 일고 있었다.

"그건 어떤 사랑입니까······. 사랑······ 사랑이······ 결혼을 성스럽게 한다고요?"

그는 말을 더듬었다.

부인은 그의 흥분한 모습을 보며 가능한 부드럽고 신중하게 대답하고자 애썼다.

"진정한 사랑 말입니다······. 남녀 간에 이 사랑이 있으면 결혼도 가능합니다."

부인이 말했다.

"알겠습니다. 그런데 진정한 사랑이라는 말을 어떻게 이해해야 좋을까요?"

눈이 번들거리는 신사는 멋쩍은 미소를 짓고 조심스럽게 물었다.

"사랑이 무엇인지는 누구나 알고 있죠."

부인은 그와 더 이상 대화를 하기 싫은 듯 그렇게 대답했다.

"나는 모릅니다."

신사가 말했다.

"이해하시는 바를 정의해주시면……."

"뭐라고요? 그거야 간단하죠."

부인은 잠시 생각에 잠기더니 대답했다.

"사랑이란 남자건 여자건 한 사람을 다른 사람들보다 특별히 선호함을 뜻합니다."

"얼마 동안이나 선호하는 겁니까? 한 달? 두 시간? 아니면 삼십 분요?"

머리가 희끗희끗한 신사는 이렇게 내뱉고 나서는 웃기 시작했다.

"아니에요. 설마 진심으로 그러시는 건 아니겠죠."

"아닙니다. 진심입니다."

20

"저분의 말씀은 이렇습니다."

변호사가 부인을 가리키며 변호에 나섰다.

"결혼은 첫째 애착, 이를 사랑이라고 불러도 좋습니다. 애착으로부터 비롯되어야 한다는 것입니다. 그리고 만일 그것이 확실히 있다면 그 경우에만 결혼은 이른바 신성함을 갖추게 됩니다. 그렇기 때문에 기본적으로 진정한 애착 또는 사랑이 담보가 되어 있지 않은 모든 결혼은 윤리나 의무의 성질을 지니지 않습니다. 내가 이해하는 게 맞습니까?"

그는 부인을 쳐다보며 물었다. 부인은 머리를 끄덕여 그의 설명에 동의를 표했다.

"차후……."

변호사가 더 말을 이으려 하자 신경이 날카로워져 있던 신사는 이글거리는 눈을 빛내며 더는 참지 못하고 마침내 변호사의 말을 가로챘다.

"그게 아닙니다. 나는 남자건 여자건 한 사람을 다른 모든 사람보다 선호하는 데 대해 얘기하고 있습니다. 한 가지만 묻겠습니다. 얼마 동안 선호하는 겁니까?"

"얼마 동안이냐고요? 오랫동안이죠. 때로는 평생 동안이고요."

부인은 움츠리며 대답했다.

"그건 정말 소설에나 있지 인생에는 없습니다. 살아가다 보면

한 남자를 다른 사람보다 선호한다는 게 일 년 정도 가는 게 극히 드물고 흔히 몇 달이면 끝나죠. 때로는 몇 주일 또는 며칠, 몇 시간이면 끝나고 맙니다."

그는 자신의 견해에 사람들이 모두 놀라고 있다는 사실을 알고 있는 것 같았고 또 이에 대해 흡족해했다.

"아니 무슨 말씀을 그렇게 하십니까! 그렇지 않습니다. 그렇지 않고말고요."

우리 셋은 이구동성으로 항의했다. 점원마저도 찬성할 수 없다는 소리를 냈다.

"아닙니다. 나는 알고 있습니다."

머리가 희끗희끗한 신사는 우리를 압도했다.

"여러분들은 존재할 것으로 추정되는 것에 대해 얘기하고 있지만 나는 실제 존재하는 것에 대해 얘기하고 있습니다. 남자라면 누구든 여러분이 사랑이라고 부르는 것을 예쁜 여자에게 느낍니다."

"정말 끔찍한 얘길 하시는군요. 그렇지만 사랑이라 불리우고 몇 달 몇 해가 아니라 평생 지속되는 감정이 인간들에게는 있지 않습니까?"

"아니요, 없습니다. 설사 한 남자가 어떤 잘난 여자를 평생 선호한다 하더라도 그 여자는 아마도 틀림없이 다른 남자를 선호하게 될 겁니다. 세상에 그런 일은 항상 있었고 또 지금도 있습니다."

신사는 말하고 나서 담배를 꺼내 피우기 시작했다.

"하지만 서로 사랑하는 경우도 있지 않습니까."

변호사가 말했다.

"없습니다."

신사는 반박하고 나섰다.

"그것은 완두콩 깍지 속에 훌륭한 완두콩 두 알이 나란히 들어 있을 수 없는 것과 같은 이치입니다. 게다가 이것은 단순히 믿어지지 않는다는 것만의 문제가 아니라 권태의 문제이기도 합니다. 평생 한 여자 또는 한 남자만을 사랑한다는 것은 이를테면 하나의 양초가 평생 탄다는 것과 다를 바 없지요."

그는 담배 연기를 흠뻑 빨아들이면서 말했다.

"줄곧 육체적인 사랑에 관해서만 말씀하시는군요. 이상의 일치나 정신적 동질성에 바탕을 둔 사랑은 생각할 수 없나요?"

부인이 말했다.

"정신적 동질성! 이상의 일치라!"

그는 특유의 소리를 내며 되풀이했다.

"그런 경우에는, 거칠게 표현해서 죄송합니다만, 함께 잘 이유가 없지요. 하기는 이상이 일치하기 때문에 사람들은 함께 자기도 하지요."

그는 이렇게 말하며 신경질적으로 웃었다.

"그러나 말입니다."

변호사가 반박하고 나섰다.

"선생의 말씀은 사실과 모순됩니다. 결혼생활이 존재한다는 사실, 인류 전체 또는 대부분이 결혼생활을 영위하고 있고 많은 사람들이 정직하게 지속적인 결혼생활을 꾸려나가고 있다는 사실을 우리는 알고 있지 않습니까."

머리가 희끗희끗한 신사는 다시 웃었다.

"여러분들 스스로 결혼은 사랑에 바탕을 둔다고 얘기하지 않았습니까. 내가 육감적인 부분을 제외한 사랑의 존재에 대해 회의적으로 말했더니 여러분은 사랑의 존재를 결혼이 존재한다고 함으로써 증명하려 하고 있습니다. 그러나 오늘날 결혼은 사기극에 지나지 않습니다!"

"그렇지 않습니다."

변호사가 다시 반박하고 나섰다.

"내가 드리고 싶은 말씀은 결혼은 과거에도 존재했었고 현재에도 존재하고 있다는 것입니다."

"존재하지요. 다만 왜 존재하느냐는 겁니다. 결혼은 신에 대해 의무를 지니는 성스러운 비밀 또는 그런 것이 결혼에 담겨 있다

24

고 보는 사람들에게 존재했고 또 존재하고 있습니다. 그런 사람들에게는 존재합니다. 그러나 우리에게는 존재하지 않습니다. 사람들은 결혼에 성교 이상의 의미를 두지 않은 채 결혼합니다. 따라서 혼외정사나 강간이 생겨나는 것입니다.

혼외정사라면 훨씬 견디기 쉽습니다. 부부는 자기들이 일부일처제를 지키고 있다고 사람들을 속이면 되거든요. 그러나 실제로는 일부다처 또는 일처다부지요. 이건 추잡한 일이지만 실제로 있습니다.

그러나 보다 흔한 경우가 있습니다. 부부가 평생 함께 살겠다는 외적인 의무를 받아들인 지 두 달도 안 되어서 서로 미워하고 이혼을 원하면서도 그럭저럭 살아가는 겁니다. 바로 여기에서 알코올중독이나 권총 자살 또는 독살 같은 살인을 유발하는 끔찍한 지옥이 생겨나게 됩니다."

그는 어느 누구에게도 한두 마디 덧붙일 여유를 주지 않고 빠른 속도로 점점 열을 올리며 말했다. 모두 침묵을 지켰다. 분위기가 어색해졌던 것이다.

"그렇습니다. 결혼생활에 얽힌 부정적 에피소드도 있는 게 사실입니다."

변호사는 지나치게 달아오른 대화를 끝내고 싶은 마음에서 말했다.

"내가 누군지 아시는 것 같은데?"

머리가 희끗희끗한 신사는 침착하다 싶을 정도로 조용히 물었다.

"아니요, 유감스럽습니다만 모릅니다."

"유감이랄 것도 없습니다. 내 이름은 포즈드느이셰프요. 귀하가 암시하는 부정적 에피소드, 아내를 살해한 에피소드의 주인공이오."

그는 우리를 하나씩 재빨리 훑어보며 말했다.

아무도 할 말을 찾지 못하고 침묵을 지켰다.

"뭐 아무래도 좋습니다."

그는 특유의 소리를 내며 말했다.

"어쨌든 죄송하게 됐습니다. 아! ……더 이상 곤란하게 해드리지 않겠습니다."

"아, 아닙니다, 그러십시오……."

변호사는 왜 '그러십시오'라고 했는지 자신도 알지 못한 채 얼떨결에 말했다.

그러나 포즈드느이셰프는 그의 말을 듣지도 않고 몸을 돌려 자신의 자리로 가버렸다. 변호사와 부인이 귓속말을 주고받았다. 나는 포즈드느이셰프 앞에 앉아 있었지만 적당한 말이 떠오르지 않아 입을 다물고 있었다. 책을 읽기에는 주위가 너무 어두워서 나는 눈을 감고 잠을 청하는 척했다. 우리는 말없이 다음 역까지 여행을 계속했다.

역에서 변호사는 부인과 함께 이전에 차장과 얘기가 되었던 대로 다른 객실로 자리를 옮겼다. 점원은 자세를 편하게 한 뒤 잠들었다. 포즈드느이셰프는 줄곧 담배를 피우면서 지난 역에서 우려 낸 차를 마시고 있었다.

내가 눈을 떠 그를 힐끗 쳐다보자 그는 갑자기 결심이 선 듯 흥분하여 내게 물었다.

"혹시 내가 누군지 알기 때문에 함께 앉아 있는 게 불편하진 않습니까? 불편하면 자리를 옮기겠습니다."

"아, 아닙니다."

"괜찮다고요? 좀 진할 겁니다."

그는 내게 차를 따라 주었다.

"그 사람들 말은…… 죄다 거짓입니다."

그가 말했다.

"뭐가요?"

내가 물었다.

"같은 거죠, 뭐. 그 사람들이 얘기하는 사랑이 뭔지 모르겠지만 하여튼 사랑 말입니다. 졸리지 않습니까?"

"전혀요."

"원하신다면 내가 어떻게 이 사랑에 이끌려 사건에 말려들게 되었는지 얘기해드리겠습니다."

"그러시지요, 힘들지 않으시다면."

"괜찮습니다. 오히려 침묵하는 게 힘듭니다. 차 드십시오. 너무 진한 거 아닌가요?"

차는 정말 맥주처럼 진했으나 나는 한 잔을 다 마셨다. 그때 차장이 지나갔다. 신사는 말없이 그를 기분 나쁜 눈으로 쳐다보았고 그가 멀리 가고서야 비로소 얘기를 시작했다.

3

"그럼 얘기해드리지요……. 그런데 정말 듣고 싶은 겁니까?"

나는 그렇다고 반복했다. 그는 잠시 말을 멈추더니 두 손으로 얼굴을 조금 문지르고 나서 얘기를 시작했다.

"얘기를 기왕 하려면 처음부터 해야 됩니다. 내가 어떻게 왜 결혼했는가, 결혼 전에 나는 어떤 사람이었는지까지 말입니다.

나는 결혼 전에 여느 사람처럼 나와 비슷한 사람들과 어울렸습니다. 지주에다가 대학 졸업장을 가지고 있으며 귀족단장[4]을 지냈습니다. 결혼 전에는 다른 사람들, 바꿔 말하면 우리네 같은 사람들처럼 방탕한 생활을 했었습니다. 나는 그런 생활이 지극히

---

4 무보수 명예직으로 귀족단은 각 지방 기관을 자문하는 역할을 수행했음.

자연스러운 것이라고 믿어 의심치 않았어요. 나 자신에 대해서도 도덕적으로 흠잡을 데 없는 사람이라고 생각했었고요. 나는 바람둥이도 아니었고 이상한 취미 따위와도 거리가 먼 사람이었습니다. 나는 또래 친구들과는 달리 여성 편력을 인생의 목표로 삼지도 않았습니다. 건강을 생각해 단계적으로 적당히 놀았을 뿐입니다.

나는 애를 낳거나 나에 대한 애착 때문에 나를 붙들 것 같은 여자는 피했습니다. 어쩌면 애들도 생겼고 애착도 있었을지 모릅니다. 하지만 나는 전혀 그렇지 않은 척했어요. 바로 이 점을 나는 도덕적이라고 생각했고 한 걸음 더 나아가서 자랑스럽게 생각했었습니다."

그는 이야기를 여기서 잠시 멈추고 새로운 생각이 떠오르면 하던 버릇대로 특유의 소리를 냈다.

"그렇지만 중대한 문제점이 있었습니다."

그는 목소리를 높였다.

"방탕은 사실 꼭 육체적이라고만 할 수 없어요. 방탕, 진정한 방탕은 말이죠, 육체적인 관계를 가진 여자에 대한 도의적 의무로부터 자신을 해방시키는 겁니다. 바로 이 해방을 나는 내 공로라고 생각했습니다. 지금도 기억하지만 여자에게 돈을 주지 못해서 괴로웠던 적이 딱 한 번 있었습니다. 그 여자는 아마도 나를 사랑했기 때문에 내게 몸을 허락했을 겁니다. 나는 여자에게 돈을 보내고 나서야 평온을 되찾을 수 있었습니다. 돈을 보냄으로써 내게 그 여자에 대한 도의적 책임이 없음을 보여주었던 겁니다. 고개를 흔들지 않는 걸 보니 내 견해에 공감하시는 모양이군요."

그는 느닷없이 큰 소리로 말했다.

"사실 난 이런 부류를 알고 있습니다. 당신네들은 모두, 당신도 마찬가지입니다. 당신이 드물게 보는 예외가 아니라면 다 옛날의 나와 같은 의견일 겁니다. 어쨌든 좋습니다, 용서하십시오."

그는 이야기를 계속했다.

"그러나 정작 이 문제는 끔찍하다는 겁니다, 끔찍하단 말입니다!"

"뭐가 끔찍하다는 겁니까?"

"방탕한 생활과 여자들과의 관계의 늪 말입니다. 나는 이 문제에 관한 한 차분하게 얘기하지 못합니다. 아까 그 신사분이 말했듯이 내가 그 에피소드에 연루되어 있기 때문이 아닙니다. 에피소드가 있고 난 후 눈을 뜨게 되었고 모든 걸 다른 시각에서 보게 되었기 때문입니다. 모든 걸 반대로, 모든 걸 뒤집어서 말입니다!"

그는 무릎에 팔을 대고 담배를 피우며 얘기를 계속했다.

어둠 속에서 그의 얼굴은 보이지 않았다. 덜컹대는 객차의 소음 사이로 그의 듣기 좋은 인상적인 목소리만이 들려왔다.

4

"그렇습니다. 오직 내 경우처럼 심한 고통을 겪은 후에야 사람은 어디에 문제의 뿌리가 있는지 또 왜 그랬는지 알게 되는 법입니다.

자, 이제 내 이야기가 언제 어떻게 시작되었는지 들어보십시오. 열여섯 살이 채 안 되었을 거예요. 나는 고등학생, 형은 대학 1학년생이었습니다. 그 당시 나는 여자에 대해서는 몰랐었지만 내 나이 또래의 재수없는 애들이 으레 그랬듯이 순진한 아이는 아니었습니다. 친구들 때문에 타락했던 거지요.

여자는 막연히 여자가 아니라 달콤한 존재였고 여자의 나신은 내게 고통을 안겨주었습니다. 나의 고독은 순정한 것이 아니었습니다. 또래 사내아이의 99퍼센트가 그랬듯이 나 또한 괴로워하고 있었습니다. 나는 겁을 내고 있었고 고통을 견뎌내고 있었으며 기도하다가 쓰러지기도 했습니다. 나는 이미 상상으로나 실제로나 타락했었지만 완전한 타락은 아니었습니다. 죽어가고 있었지만 다른 사람에게 의지할 정도는 아니었습니다.

형 친구 중에 한량이 하나 있었습니다. 대학생이었고 우리에게 술과 도박을 가르쳐준 이른바 잘 노는 친구, 즉 건달이었는데 한번은 술을 진탕 마시고 나서 그리로 가자고 우릴 꾀었습니다. 우리는 그를 따라갔습니다. 그때까지 여자를 몰랐던 형은 그날 밤 동정을 잃었습니다. 열다섯 살 소년에 불과하던 나 또한 내가 무슨 짓을 하는지도 모르면서 나 자신을 더럽히고 여자에게 그 짓을 요구하고 있었습니다.

그러나 내가 한 짓이 나쁜 짓이라고 내게 말해주는 어른은 하나도 없었습니다. 그건 지금도 마찬가지입니다. 십계명에 그런 구절이 있는 건 사실입니다. 그러나 십계명은 시험 볼 때와 어른에게 답변할 때나 필요하지 별 소용이 없어요. 그나마 조건절의 접속사 용법에 관해서나 필요하지요.

어쨌든 내가 존경하는 어른들 중 그 누구도 그게 나쁜 짓이라고 말해주지 않았습니다. 오히려 정반대로 잘했다고들 했습니다. 나는 자신과의 싸움과 고뇌가 이 일이 있고 난 후 수그러들 거라고 생각했고 또 책에서도 그렇다고 읽었습니다. 심지어 어른들조차 그게 건강에도 좋다고 했습니다. 친구들은 용감히 큰일을 해냈다고 수군댔습니다. 종합하면 잘했다는 것이었습니다.

병 걸릴 위험은 없었느냐고요? 그 점도 생각해두었지요. 그 문제는 보건당국이 신경 써줍니다. 당국은 윤락가가 규정을 준수하며 영업을 하도록 감독하고 고등학생의 탈선을 보장하고 있습니다. 의사들도 봉급을 받으며 감독하지요. 사실 또 그래야만 되는 거고요. 그들은 탈선이 건강에 유익하다고 확신하기 때문에 올바르고 정확한 탈선을 규정하고 있는 겁니다. 내가 아는 어머니들 중에는 이러한 시각을 가지고 자기 아들들의 건강에 신경을 쓰는 어머니도 있습니다. 그러니 과학도 그들을 윤락가로 보내고 있는 거지요."

"과학은 또 왜요?"

"의사들이 누굽니까? 과학에 봉사하는 사람들 아닙니까. 그게 건강에 필요하다고 주장하면서 젊은 애들을 타락시키는 사람들이 누굽니까? 그들 아닙니까. 나중에는 기막혀 하면서 매독을 치료하지만요."

"매독을 그냥 놔두면 안 됩니까?"

"안 되지요. 만약에 매독 치료에 쏟는 노력의 1퍼센트만 탈선의 근절에 쏟는다고 하더라도 매독은 오래전에 없어졌을 거고 적선도 필요없었을 겁니다. 그러나 현실은 좀 다르지요. 탈선을 근절하기보다는 오히려 조장하고 탈선의 안전을 보장하는 데 힘을 기울이고 있거든요. 그게 중요한 게 아닙니다. 내 경우처럼 90퍼센트 이상의 사람들, 심지어는 농부들까지도 특정 여성의 매력에 자연스럽게 이끌렸다는 게 아닙니다. 사실 그 어떤 여자도 나를 유혹하지 못했습니다.

내가 타락한 원인은 딴 데 있습니다. 내 주변 환경이 온통 타락으로 가득 차 있었기 때문입니다. 지극히 합법적이고 건강에 유익하다고 떠들어댔던 겁니다. 또 있습니다. 젊은이들에게 매우 자연스럽고 용인되다 못해 전혀 죄가 되지 않는 위락이 있었기 때문입니다. 나는 그게 타락이라는 사실을 느끼지도 못했습니다. 그저 재미본다는 생각에, 필요에 따라 그리고 나이가 되었기 때문에 탈선하기 시작했던 거지요. 때가 되자 술과 담배를 시작했듯이 말입니다.

어찌됐든 여자와의 첫관계에는 뭔가 색다르고 감동적인 게 있었습니다. 지금도 기억나지만 방을 나오지도 않았는데 정말 서러웠습니다. 동정을 잃었다는 게, 여자에 대한 환상이 영원히 깨졌다는 게 울고 싶을 정도로 서럽더라고요. 그 일로 인해 자연스럽고 솔직한 여자에 대한 태도는 영원히 망가져버렸습니다.

그 일이 있고 난 후, 난 여자를 더 이상 순수하게 대할 수 없었습니다. 이른바 바람둥이가 된 거지요. 바람둥이란 아편쟁이나 술꾼 또는 흡연자처럼 하나의 육체적인 현상입니다. 아편쟁이, 술꾼, 흡연자들이 정상인이 아니듯이 자신의 쾌락을 위해 여자를 몇 명 거친 사람은 더 이상 정상인이라 부를 수 없습니다. 영원히 버린 사람, 즉 바람둥이지요.

술꾼이나 아편쟁이는 얼굴이나 태도를 보면 즉시 알 수 있습니다. 바람둥이도 마찬가지예요. 바람둥이는 절제할 줄도 알고 싸울 줄도 압니다. 그러나 여성에 대한 솔직하고 분명한, 깨끗한 태도, 오빠 같은 태도는 결코 회복되지 않습니다. 바람둥이는 젊은 여자를 바라보는 시선이 달라요. 나는 바람둥이가 되었고 결국은 자신을 망친 겁니다."

5

"네, 그렇게 된 겁니다. 그 후 별의별 탈선을 다 해보았습니다. 기가 막힙니다! 내가 한 혐오스런 짓을 생각하면 몸서리가 쳐집니다. 친구들이 비웃었던 나의 소위 순진함에 대해 생각해봤습니다.

소중한 청춘, 장교, 프랑스 파리 남자들! 이 사람들 그리고 나, 서른 살 먹은 난봉꾼들은 여자에 관한 한 마음속에 수백 개의 끔찍한 죄를 지닌 채, 말끔히 면도를 한 깨끗한 얼굴에 향수를 뿌리고 깨끗한 속옷을 입고 프록코트 또는 군복 차림으로 호텔이나 무도회장에 들어섭니다. 순결의 표상인 거죠. 근사하죠!

어떻게 되어야 올바른 일인지 그런데 현실은 어떤지 스스로 생각해보십시오. 사교계에서 그런 난봉꾼이 내 여동생이나 딸에게 접근하면 나는 다가가서 옆으로 불러낸 후 조용히 한마디 해야 되지요. '이봐, 난 자네 생활 방식을 다 알고 있어. 누구와 밤을 보내는지도 말이야. 여긴 자네가 올 자리가 못 돼. 여기에 있는 처녀들은 때묻지 않은 순진한 애들이란 말이야. 꺼져!' 이렇게 해야 되는 거지요.

그러나 현실은 그게 아닙니다. 그런 사람이 나타나서 내 여동생이나 딸을 껴안고 춤을 추면 우리는 좋아 어쩔 줄 모르죠. 그 사람이 부자이고 연줄이 있다면 말입니다. 아마도 그는 춤이 끝나면 내 딸에게 정중한 예를 갖추겠지요. 심지어 흔적이 남거나 건강이 상하더라도 별 거 아닙니다. 오늘날 의술은 많이 발달했으니까요.

내가 아는 몇몇 상류층 부모들은 진정으로 좋아하면서 딸들을 매독환자에게 주었습니다. 이 얼마나 징그러운 짓입니까! 이런 혐오스러운 짓, 거짓이 폭로되는 날이 오고야 말 겁니다!"

그는 몇 차례 특유의 이상한 소리를 내며 찻잔에 손을 가져갔다. 차는 지독히도 진했지만 부을 물이 없었다. 나는 이미 마신 두 잔의 차가 가슴을 두근거리게 만드는 것을 느끼고 있었다. 그도 마찬가지였음에 틀림없었다. 점점 흥분했기 때문이다. 그의 목소리는 갈수록 리드미컬해졌고 표현이 풍부해졌다. 그는 쉴 새

없이 자세를 바꾸었고 모자를 썼다 벗는 동작을 계속했으며 표정은 우리를 에워싸고 있던 어슴푸레한 빛 속에서 기이하게 바뀌고 있었다.

"나는 그러한 삶을 서른 살까지 살았습니다. 그동안 결혼해서 고상하고 깨끗한 가정을 이루겠다는 생각은 한시도 잊어본 적이 없었어요. 그런 생각에 적합한 처녀를 물색했음은 물론이고요."

그는 계속해서 얘기했다.

"나는 추악한 타락에서 헤어나지 못하면서도 순결한 처녀를 탐냈던 것입니다. 나는 수많은 후보자를 퇴짜놓았습니다. 내가 보기에 순결하지 않았던 거지요. 그러다 마침내 적합한 여자를 발견했습니다. 한때 잘살았다가 가세가 기운 펜자 현[5]의 한 지주의 딸이었습니다.

보트를 함께 탄 후 집으로 돌아가던 어느 저녁이었습니다. 나는 달빛 아래 스웨터가 꼭 낀 그녀의 날씬한 몸매, 단정히 딴 머리에 그만 반하고 말았습니다. 갑자기 그녀가 바로 애타게 찾아 헤매던 내 여자라는 생각이 들더라고요.

그날 저녁에 그녀는 내가 느끼고 생각하는 모든 걸 이해하는 것 같았습니다. 나는 나대로 지극히 고상한 것들을 생각하고 느끼고 있었습니다. 그러나 사실은 다만 스웨터가 그녀의 얼굴에

---

5 모스크바 남서쪽에 위치한 현.

40

특히 잘 어울렸다는 것뿐입니다. 머리채도 마찬가지지요. 그녀를 가까이서 보며 함께 하루를 보낸 까닭에 더 가까워지길 원했던 것입니다.

아름다운 여자는 착하다는 환상, 참으로 기막힌 일이죠. 예쁜 여자는 모자라는 소리를 해댑니다. 그런데도 사람들은 그걸 모자란다고 생각하기는커녕 똑똑하다고 여깁니다. 예쁜 여자가 볼썽사나운 짓을 해도 사람들은 귀엽다고 합니다. 헛소리도 안 하고 볼썽사나운 짓도 안 하면 정말 똑똑하고 흠잡을 데 없는 완전무결한 여자라고 생각합니다.

나는 마음이 들뜬 상태로 집으로 돌아와 생각했습니다. '그녀는 정숙의 극치다. 따라서 내 아내가 될 자격이 충분하다'고 말입니다. 그래서 이튿날 구혼했습니다.

그런데 이 무슨 변고입니까! 불행히도 결혼하는 남자들 중에는 귀족들뿐만 아니라 평민들 중에도 결혼 전에 돈 후안처럼 열 번도 아니고 백 번, 천 번 여자 경험을 한 사람들이 있으니 말입니다(사실 지금도 마찬가지예요. 나는 이게 농담이 아니라, 멋있는 걸로 느끼고 여기는 젊은이들이 수없이 많다고 알고 있습니다. 그 친구들 조심해야지요. 그러나 내 때에는 그런 사람이 만 명 중 하나도 안 되었어요). 모두 이 사실을 알고 있지만 모른 체하지요.

어느 소설에든 주인공들의 감정, 주인공들이 거니는 연못, 덤

불숲은 상세히 묘사되어 있습니다. 그러나 남자 주인공들의 처녀에 대한 멋있는 사랑은 묘사되어 있으면서 주인공의 흥미로운 과거에 대해서는 전혀 언급이 없습니다. 주인공의 집이라든가 하녀, 조리사, 아내들에 관해서는 한마디도 언급이 없습니다. 만일 이런 내용을 담은 찜찜한 소설이 있다면 그런 소설은 누구보다도 정말 필요한 사람들, 즉 처녀들 손에 쥐어져야 하는데 현실은 그렇지 않습니다.

사람들은 먼저 처녀들에게 우리 도시와 시골의 절반을 가득 메우고 있는 그런 방탕을 숨기거나 아예 존재하지 않는다고 시치미를 뗍니다. 그러고 나서 영국인들처럼 위선에 익숙해지고 마침내 우리 모두 도덕적으로 깨끗한 나라에서 사는 도덕군자라고 스스로 믿기 시작합니다. 불쌍한 처녀들도 이를 진지하게 믿고 있습니다. 가엾은 내 아내도 그랬습니다.

지금도 생각나는데 아내에게 내 일기를 보여준 적이 있었습니다. 주된 내용은 나의 최근 여성 편력이었는데 아내가 다른 사람을 통해 들었을지도 모른다는 생각에서였는지 확실한 이유는 모르겠지만 나는 아내에게 알리고 싶었습니다.

아내의 반응은 경악, 절망 그리고 당혹이었습니다. 나는 아내가 나를 떠나고 싶어 한다는 것을 눈치챘습니다. 그런데 왜 떠나지 않았는지!"

그는 특유의 소리를 내뱉고 나서 잠시 입을 다물었다가 차를
한 모금 마셨다.

6

"차라리 떠나는 게 나았습니다, 그러엄요!"

그는 큰 소리로 말했다.

"자업자득이지요, 뭐! 그러나 요점은 그게 아닙니다. 내가 말하고자 한 것은 재수없는 처녀들만 속는다는 것입니다. 이 점을 어머니들은 알고 있습니다. 특히 자기 남편들 덕분에 깨우친 어머니들은 이 점을 잘 알고 있습니다. 그네들은 남자들의 정절을 믿는 체하면서 실제로는 전혀 달리 행동하지요. 그네들은 자기 자신은 물론 딸들을 위해서도 남자들을 낚을 줄 안다, 이 말씀입니다.

정말 우리 남자들은 모르고 있습니다. 또 알려고 들지 않으니 모르는 게 당연할 수밖에요. 여자들은 다릅니다. 그네들은 우리가 시적이라고 부르는 고상한 사랑이 도덕적인 가치가 아니라 육체적인 매력, 머리 매무새, 옷 색깔, 옷 매무새에 의해 좌우된다는 것을 잘 알고 있거든요.

남자를 녹이는 데 도가 튼 여자에게 뭘 무기로 삼겠느냐고 물어보십시오. 거짓말과 표독스러움과 남성 편력이 들통나더라도 육체적으로 가까이서 남자를 유혹하기를 원하는지 아니면 형편없는 옷을 입고 면전에서 유혹하기를 원하는지. 열이면 열 모두 첫 번째를 원할 겁니다.

여자는 남자들이 고상한 감정에 대해 얘기할 때는 그것이 항상 거짓말이라는 것을 알고 있거든요. 남자가 원하는 건 오직 육체뿐이라는 거지요. 때문에 남자들은 갖은 못된 짓거리는 용서하지만 꼴사납거나 개성이 없는 형편없는 옷차림은 용서 못 한다는 점을 알고 있지요. 남자에게 꼬리치는 여자는 이 점을 경험을 통해 압니다. 순진한 처녀는 다릅니다. 그네들은 이 점을 무의식적으로 알고 있습니다. 동물처럼 말입니다.

바로 그렇기 때문에 혐오스런 스웨터를 입고 드레스 뒤쪽에 단추를 달고 어깨, 팔 심지어는 젖가슴까지 드러내죠. 여자들, 특히 남자를 거친 여자는 말이죠, 고상한 테마에 관해 얘기하는 건 단순히 대화를 나누기 위해서일 뿐이지 남자들이 정말 원하는 건 육체 그리고 이 육체를 지극히 매력적으로 보이게 하는 것뿐이라는 걸 알지요. 사실이 또 그렇고 말입니다.

사실 우리 상류사회의 삶을 뻔뻔스런 모습 그대로, 있는 그대로 직시한다면 그건 완전히 창녀집일 겁니다. 동의하지 않으십니까? 좋습니다. 증거를 대죠."

그는 내게 대답할 틈을 주지 않고 계속했다.

"선생은 우리 숙녀들이 창녀들과는 다른 이해관계에 따라 행동한다고 말씀하시는데 나는 견해가 다릅니다. 증명해드리겠습니다.

인간이 인생의 목표, 인생에 담긴 내적 내용물이 서로 다르다면 그러한 차이점은 직접 외부에 나타나고 외양 또한 다르기 마련입니다. 그러나 천대받는 불쌍한 여자들과 고상한 상류사회의 요조숙녀들을 비교해보십시오. 옷차림, 모자 형태, 향수, 팔, 어깨, 젖가슴을 드러내는 것도 똑같고, 엉덩이 선을 드러내는 것도 똑같잖습니까. 어디 그뿐인가요. 보석, 비싸고 번쩍거리는 것이라면 사족을 못 쓰는 점, 유흥, 춤, 음악, 노래를 좋아하는 것도 똑같지요. 사람을 유혹하는 데 수단 방법을 가리지 않는 점도 같습니다. 다른 점이 없습니다. 굳이 구분을 하자면 이렇습니다. 잠깐 데리고 놀 창녀는 보통 천대받는 여자들이고, 오랫동안 데리고 놀 창녀는 요조숙녀입니다."

7

"그렇습니다. 스웨터, 찰랑이는 머리채 그리고 단추들에 나는 사로잡혔더랬습니다. 나를 사로잡는 건 쉬운 일이었습니다. 왜냐하면 나 또한 거름 준 밭에서 자라나는 오이처럼 사랑에 약한 젊은이들이 순조로이 성장하는 그런 여건에서 컸기 때문입니다.

사실 일도 별로 하지 않으면서 많은 음식을 먹는 것은 욕정을 체계적으로 자극하는 것과 다를 바 없지요. 놀라건 놀라지 않건 사실이 그런걸요, 뭐. 난 이 점을 최근까지도 몰랐습니다. 이제는 압니다. 바로 그렇기 때문에 아까 그 부인네처럼 말도 안 되는 소리를 한다는 점이 마음을 아프게 합니다.

올봄에 우리 집 부근에서 농부들이 철로 기반을 다진 적이 있었습니다. 보편적인 농부의 음식은 흑빵, 크바스[6] 그리고 양파입니다. 평범하지만 이걸 먹고 농부는 생기를 얻고, 민첩하고 건강하게 농사일을 하지요. 철로 작업을 하면 죽과 1푼트[7]가량의 고기를 제공받습니다. 대신 근 30푸드[8]나 나가는 손수레와 열여섯 시간 동안 씨름해야 합니다. 딱 알맞은 양이죠.

그런데 우리는 어떻습니까? 저마다 2푼트가량의 쇠고기와 야생의 새고기 그리고 열량이 풍부한 온갖 음식과 술을 먹어대니 그게 다 어디로 가겠습니까? 정욕이 넘치는 거죠. 그리고 한번 그리로 향하게 되어 안전판이 열리면 만사형통이죠.

그러나 내 경우처럼 일시적으로 안전판이 약간 닫히면 즉시 순정한 물의 성질을 띠는 사랑, 심지어는 이따금 정신적 사랑의 형태를 띠는 것으로 나타납니다. 그래서 나 또한 여느 사람들처럼 사랑에 빠졌습니다. 그러자 모든 게 확실히 보이더군요. 환희, 감동 그리고 시가 뭔지도 알겠습디다.

사실 이러한 나의 사랑은 한편으로는 그녀의 어머니와 여재봉사의 작품이었고 다른 한편으로는 나태한 생활을 하며 내가 삼킨 음식이 너무 많았던 덕택이기도 했습니다.

---

6 빵을 약간의 설탕, 물과 함께 발효시킨 알코올기가 없는 음료.
7 1푼트는 약 400그램에 해당함.
8 1푸드는 약 16.38킬로그램에 해당함.

뱃놀이나 허리가 꼭 끼는 옷을 만들어준 여재봉사와 기타 등등이 아니었더라면 나의 아내는 볼품없는 블라우스를 입고 집에 있었을 것이고 나 또한 일에 필요한 만큼만 먹는 정상적인 환경에 머물렀을 겁니다.

그리고 안전판이 완전히 열려 있었더라면 사랑에 빠지지도 않았을 것이고 그런 일도 일어나지 않았을 것입니다. 그러나 안전판은 어떻든 우연히 조금 닫혀 있었습니다."

"그러나 어쨌든 그렇게 됐습니다. 나는 부티가 났었고 옷차림도 근사했었습니다. 그러니 뱃놀이야 멋지게 성공했죠. 이십전이십일기二十顚二十一起랄까요. 덫을 놓는 것과 비슷한 거죠.

진지하게 말씀드리지만 오늘날 결혼은 덫을 놓는 것과 다를 게 없습니다. 어디 어색한 데가 있습니까? 때가 된 처녀를 시집보내는 건 당연한 게 아니겠습니까. 나는 처녀가 불구가 아니고 결혼할 생각이 있는 남자만 있으면 문제는 간단하다고 생각합니다. 옛날에도 그랬으니까요. 처녀가 혼기가 되면 부모는 시집을 보냈던 거지요.

중국 사람들, 인도 사람들, 이슬람교인들이나 러시아 평민들 모두 그렇게 해왔지요. 인류의 99퍼센트는 그렇게 하고 있습니다. 나머지 1퍼센트 아니면 그 미만에 해당하는 우리같이 타락한 사람들만이 견해를 달리하여 새로운 걸 찾아냈죠. 새로운 게 뭐냐고요? 여자는 앉아 있고, 남자는 시장에서 물건을 고르듯이 여자를 고르는 겁니다.

여자는 기다리면서도 '나예요! 날 고르세요. 그 여자가 아니고 나란 말이에요. 날 좀 보세요. 내 어깨 좀 보라고요'라고 말할 엄두조차 못 내지요. 하지만 남자들은 왔다 갔다 하면서 여자들을 둘러보고 만족스러워합니다. '그래 알았어, 그러나 말려들 생각은 없어'라고 생각합니다. 거닐면서 둘러보고 이 모든 게 우리들을 위해 준비되었다는 데 생각이 미치면 흐뭇하죠. 그러나 마음 놓고 쳐다보기만 했다간 따귀 맞기 십상입니다."

"그럼 여자에게 어떻게 청혼해야 됩니까?"

내가 물었다.

"나도 모르겠습니다. 그것도 평등의 문제라면 평등의 문제일 겁니다. 여자들이 중매가 치욕적이란 걸 알았다면 남자들에게서 물건처럼 골라지는 것은 그보다 수천 배 더하다는 걸 알 겁니다. 중매에서 권리와 기회가 대등하다면 무도회 같은 곳에서 벌어지는 일은 여자가 시장에 팔려나온 노예이거나 덫에 딸린 미끼에 불과할 따름이죠.

혼기가 된 딸을 둔 어머니나 아니면 딸 당사자에게 진실을 한 번 얘기해보세요. 그네들은 오직 신랑감을 낚을 생각만 하고 있다고 말입니다. 굉장한 모욕이라고 생각하지요. 사실인데도 말입니다. 더 기가 막히는 건 가끔 정말 어리고 불쌍한 순진한 처녀들조차 그런 생각에 빠져 있다는 겁니다. 하지만 이게 공개적으로 행해지면 전부 사기지요.

그들이 뭐라는지 한번 들어보시겠습니까?

'『종의 기원』요? 재밌어요! 우리 리자는 그림에 관심이 많아요! 전시회에 오시겠어요? 정말 유익하군요! 트로이카를 타고 연극을 보러 간다고요? 심포니를 들으러 간다고요? 어머, 너무 멋져요! 우리 리자는 음악이라면 사족을 못 쓴다고요. 왜, 맘에 안 드세요? 그럼 보트를 타죠!'

이렇게 말하면서 한 가지 생각만 하죠.

'날 택하세요, 날 말이에요. 우리 리자를 데려가세요! 아니에요, 나를 데려가요! 맛이라도 봐요!'

도무지 맘에 안 듭니다! 순 사기입니다!"

그는 이렇게 소리치고 나서 차를 들이켰다. 그리고 찻잔과 접시를 치우기 시작했다.

9

"선생도 아시지 않습니까."

그는 자루에 차와 설탕을 넣으면서 다시 입을 열었다.

"여자들이 설쳐대니 세상이 이 모양, 이 꼴이 아닙니까."

"여자들이 설쳐대다니요?"

내가 물었다.

"법과 법이 보장한 특권은 남자편 아닙니까?"

"맞습니다, 맞아요, 바로 그겁니다."

그는 내 말을 가로챘다.

"바로 그걸 말씀드리려 했던 겁니다. 바로 그 점이 여자가, 당
해도 싸지, 당할 대로 당하면서도 설쳐대는 희한한 현상을 설명

해줍니다. 이건 유태인이 박해를 받는 대가로 돈을 지배하는 것과 같습니다. 유태인들은 그러지요. '우리가 상인이기만 원하시지? 좋소. 대신 당신들을 지배하겠소.'

그런데 여자들은 뭐라는지 아십니까? '우리가 섹스의 대상이기만 하면 좋겠지? 좋아. 대신 당신들을 노예로 만들겠어'라고 합니다.

여자가 투표를 할 수 없다거나 판사가 될 수 없다고 해서 여성에게 권리가 없다고 말할 수는 없습니다. 성생활에서 남자와 대등하고 남자를 이용할 수 있는 권리를 지니는 것, 자신의 욕망에 따라 이 권리를 자제하는 것, 선택당하지 않고 자신이 원하는 대로 남자를 선택할 수 있다는 것. 바로 여기에 여권이 있는 거요. 흉칙하다고요? 좋습니다. 그렇다면 남자도 특권을 갖지 않으면 되는 거지요.

오늘날 여성은 남자가 갖고 있는 권리를 박탈당한 상태에 있습니다. 이 권리의 박탈을 보상받기 위해서 여자들은 남자의 성욕을 자극하고 섹스를 통해서 남자를 유순하게 만들고 있습니다. 그 결과 겉보기에는 남자들이 선택하는 것 같지만 실제로는 여자들이 선택하고 있습니다. 한번 여자가 이 방법을 구사하면 이내 이를 악용하게 되고 궁극적으로는 사람들에 대해 무소불위의 권력을 휘두르게 됩니다."

"그렇다면 이 특이한 권력은 도대체 어디에 있습니까?"

내가 물었다.

"어디에 있느냐고요? 도처에 있지요. 대도시 상점들을 한번 둘러보십시오. 수백만 개나 있지요. 여기에 들인 사람들의 노력은 차치하더라도 개중에 남자들을 위한 상품이 대체 몇 개나 있습니까? 인생의 온갖 사치는 여자들이 다 요구하고 있고 또 여자들이 다 누리고 있지요.

공장 수를 한번 세어보십시오. 상당수가 쓸데없는 여성용 장신구, 마차, 가구, 장난감을 생산하고 있습니다. 수백만의 사람들, 노예들이 대를 이어가며 공장에서 여자들의 비위를 맞추고자 감옥 같은 생활을 하며 죽어가고 있습니다. 여자들은 여왕처럼 군림하면서 인류의 90퍼센트를 노예 상태로 가둬둔 채 중노동을 시키고 있습니다.

이 모든 게 자신들이 멸시당하고 남성과 대등한 권리를 박탈당했다는 데서 비롯된 거지요. 그렇기 때문에 여자들은 우리의 성욕을 자극하고 우리를 그물에 가둠으로써 복수하고 있는 겁니다. 그럼요, 다 이 때문입니다.

여자들은 성욕을 자극하는 무기를 스스로 내부에서 만들어내어 남자들이 여자를 편안한 마음으로 대할 수 없도록 만들어버렸습니다. 남자는 여자에게 다가가기만 하면 마취되어 멍텅구리가 되고 맙니다.

내 경우에도 예전에 무도회 복장을 한 여성을 보면 왠지 어색하고 마음이 편치 못했습니다. 그러나 지금은 무서운 생각까지 듭니다. 뭔가 사람에게 위험한, 법에 어긋나는 것을 보는 것 같습니다. 그 결과 경찰을 불러 보호를 요청하고 위험 요소를 제거해 줄 것을 부탁하고 싶은 생각마저 듭니다."

"웃으시는군요!"

그는 내게 버럭 소리를 질렀다.

"농담이 아니에요. 틀림없이 그런 때가 옵니다. 그것도 곧 말입니다. 그러면 사람들은 내 말을 이해하게 될 겁니다. 그러면 놀라겠지요. 어떻게 사회의 안녕을 해치는 행동들, 예를 들어 성욕을 자극하는 육체의 장신구들을 여자들이 달고 다니도록 허용하는 사회가 존재할 수 있었느냐고 말입니다.

기가 막히죠! 어째서 도박은 금지하면서 여자들이 창녀처럼 성욕을 불러일으키는 옷을 입고 돌아다니는 건 금지하지 않습니까? 그게 훨씬 위험한 데도 말입니다!"

10

"뭐 어쨌든 나도 걸려들었습니다. 이른바 사랑에 빠졌던 거지요. 나는 그녀를 완벽의 극치라 생각하는 데 그치지 않았습니다. 나 또한 자신을 최고로 완벽한 신랑감으로 여기고 있었습니다. 사실 자신보다 못한 파트너를 찾음으로써 자존심을 망가뜨리고 불만스러워할 망나니는 세상에 없으니까요. 나라고 예외였겠습니까.

내가 아는 사람들 중 대부분은 돈이나 연줄을 보고 결혼했지만 나는 그렇지 않았습니다. 부자였으니까요. 여자는 가난했습니다. 그뿐만이 아닙니다. 내 자랑 같습니다만 사람들은 여성 편력을 계속할 속셈으로 결혼했지만 나는 달랐습니다. 나는 일단 결혼하면 한 여자에게만 충실하기로 마음먹었습니다. 나는 이 점에 대해 무한한 자부심을 느꼈습니다. 그렇습니다. 개망나니였던 나는 자신을 천사라고 여기고 있었던 겁니다.

약혼 기간은 길지 않았습니다. 짧았던 약혼 기간을 생각하면 수치심에 몸둘 바를 모르겠습니다. 역겹습니다! 사랑은 정신적인 것이지 육체적인 것이 아니라고 생각했으니까요.

만약 사랑이 정신적인 것이라면 당연히 말이나 대화 등을 통해 나타나야 하는데 그게 아니더란 말입니다. 우리 둘만 있을 때는 할 말이 별로 없더라고요. 시시포스 신화 같다고나 할까요. 고심하여 생각해낸 것을 말하고 나면 다시 입을 다물고 생각해야만 했거든요. 우리를 기다리고 있는 인생, 장래 설계, 계획에 대해서 죄다 얘기했으니 무슨 할 얘기가 더 있었겠어요?

우리가 동물이라면 말이 필요없다는 것을 알았을 겁니다. 아니니까 문제지요. 말은 해야 되는데 할 말이 없는 거예요. 게다가 과자며 케이크, 단것을 먹어대는 역겨운 습관, 지겨운 결혼 준비 과정 등 맘에 드는 게 없었습니다. 집, 침실, 침대, 블라우스, 실내복, 내의, 화장품 등에 관한 얘기만 해대는 겁니다.

선생도 이해하게 될 겁니다. 아까 노인의 말처럼 도모스트로이에 따라 결혼하면 이불, 지참금, 침대, 이 모든 건 함께 성찬식에 가는 이들에겐 사소한 것에 지나지 않아요. 그러나 결혼하는 사람 중에는 성찬식을 믿는 사람이 열 사람 중 겨우 하나 정도입니다.

어디 그뿐인가요. 자신이 하는 결혼이 일종의 계약임을 아는 이들도 거의 없습니다. 그도 그럴 수밖에 없지요. 남자들 백 명 중 겨우 한 명만이 진짜 신랑이고 나머지는 여자 경험이 있으니 말이죠. 이 한 명만이, 결혼하게 되면 여건이 되더라도 바람을 피우지 않겠다고 다짐하지요. 대부분은 교회로 마차를 타고 가는 것을 한 여인을 소유하는 데 필요한 특별 조건쯤으로만 여깁니다.

그러니 생각해보십시오. 이 모든 세세한 것이 얼마나 끔찍한 의미를 가집니까. 문제는 결국 여기에 있다 이 말입니다. 매매와 다름없지요. 결혼이란 바람둥이에게 순진한 처녀를 팔아넘기면서 이 매매행위를 익히 알려진 허례허식으로 포장하는 겁니다."

11

"다들 그렇게 결혼합니다. 나도 그랬고요. 그러고는 그 유명한 허니문이 시작되었습니다. 이 명칭도 웃깁니다."

그는 잇새로 쇳소리를 내며 냉소적으로 말했다.

"언젠가 파리에 가서 쇼 공연장을 훑은 적이 있습니다. 어떤 간판을 보니 수염 기른 여자와 물개가 있더군요. 안에 들어가 보니 남자가 가슴이 드러나는 숙녀복을 입은 거예요. 물개도 개에게 해마가죽을 덮어씌운 뒤 욕조에서 헤엄치게 한 거고요. 정말 재미없었습니다.

내가 나가자 안내원이 공손히 따라 나오더군요. 웬일인가 싶어서 보았더니 입구의 군중에게 나를 가리키며 이렇게 말하는 것이었습니다. '이 신사분에게 구경할 만하느냐고 물어보십시오. 자, 어서 오십시오, 어서 오세요, 단돈 1프랑입니다.' 나는 볼 만한 가치가 없다고 말할 용기가 없었습니다. 안내원은 아마도 이 점을 노렸을 겁니다.

마찬가지로 허니문이 별 볼일 없다는 것을 체험한 사람도 다른 사람들에게 실망을 안겨주지 않을 겁니다. 나도 남에게 실망을 안겨주진 않았지만 지금에 와서는 왜 진실을 얘기해주지 않았는지 후회됩니다. 진실을 꼭 얘기해주어야만 한다는 생각조차 듭니다. 불편하고 창피합니다. 무엇보다도 지루합니다. 지겨워 죽겠더라고요!

담배를 배울 때 토하고 싶은 걸 꾹 참고 견디다 입안에 고이는 침을 삼키고 나서 담배맛이 좋다는 표정을 짓던 때와 비슷하다고나 할까요. 흡연에서 오는 달콤함은, 만약 있다면 나중에 맛보게 되지요. 부부도 각자 내면에서부터 서로의 결함을 인내해 나가야 합니다. 나중에 그로부터 오는 감미로움을 맛볼 생각이 있다면 말입니다."

"그게 어떻게 결함입니까?"

내가 물었다.

"지극히 자연스러운 인간의 속성 아닙니까?"

"자연스럽다고요?"

그가 되물었다.

"자연스럽다고요? 아닙니다. 정반대입니다. 그건 자연스럽지 못하다…… 고 믿어 의심치 않습니다. 그렇습니다. 자연스럽지 …… 못합니다. 얌전한 처녀에게 물어보세요.

내 여동생은 아주 어린 나이에 결혼했습니다. 상대는 나이가 배나 많은 데다 바람둥이였죠. 결혼 첫날밤이었습니다. 애가 하얗게 질려가지고 벌벌 떨면서 눈물을 줄줄 흘리는 거예요. 당연히 우리는 놀랐습니다. 사연을 들어보니 자기는 도무지 뭐가 뭔지 모르겠고 그가 요구하는 것을 차마 말로 표현할 수 없다는 거였습니다.

그런데도 자연스럽다고요? 자연스럽지요. 애당초 즐겁고 편하고 기분 좋고 창피할 게 없지요. 그러나 과연 그럴까요? 더럽고 창피하고 아픈 거지 뭐가 자연스럽습니까? 그러니까 경험이 없는 처녀는 그 짓을 늘 증오하는 겁니다."

"그렇다면 어떻게,"

내가 물었다.

"어떻게 인류는 대를 이어야 좋겠습니까?"

"인류가 멸종되지 않는 방법이라!"

그는 마치 익히 알고 있는 무성의한 반대 의견을 예견하기라도 한 양 비아냥거렸다.

"영국의 고관대작들이 항상 포식할 수 있도록 자식 낳기를 자제하라고 설교해보십시오. 인생을 보다 즐길 수 있으니까 애를 낳지 말라고 설교해보십시오. 그건 먹혀듭니다. 그러나 도덕만을 앞세워 자식을 낳지 말라고 암시만 해도 난리가 납니다. 인류가 멸종될지도 모른다는 생각일랑 접어두고 부부생활을 자제하라고 하면 아예 들고 일어나지요. 그건 그렇고 이거 미안합니다만, 좀 가리면 안 될까요? 불빛이 싫군요."

그는 실내등을 가리키며 말했다.

내가 상관없다고 말하자 그는 급히 자리에서 일어나 털이 부슬부슬한 커튼으로 실내등을 가렸다.

"어쨌든,"

내가 말했다.

"사람들이 저마다 그걸 규칙으로 인정하면 인류는 멸망하고 말 겁니다."

그는 즉각적인 반응을 보이지 않았다.

"인류가 대를 이어 나갈 거라는 말씀입니까?"

그는 다시 맞은편에 앉아 다리를 넓게 벌린 후 몸을 숙여 무릎에 팔꿈치를 갖다대고 물었다.

"인류가 멸망해서는 안 될 이유가 뭡니까?"

"이유라니요? 그렇지 않으면 우리가 태어나기나 했겠어요?"

"그렇다면 우리가 존재하는 이유는 뭡니까?"

"이유요? 그야 살기 위해서지요."

"뭣 때문에 삽니까? 만약 아무런 목표도 없이 생명이 단지 생명 자체만을 위해 주어졌다면 살아야 할 이유가 없습니다. 만일 그렇다면 쇼펜하우어나 하르트만[9] 같은 사람들, 또 불교도들이 옳지요. 그러나 만약 삶에 목표가 있다면 목표에 도달하는 순간 인간은 죽어야 마땅합니다. 그런 결론이 나오잖습니까."

그는 자신의 생각에 큰 의미를 부여하며 적잖이 흥분해 말했다.

"그런 결론이 나오지요. 자, 들어보십시오. 인류의 목표가 지복이나 선 또는 뭐 사랑이라고 가정해봅시다. 또는 인류의 목표가 예언서에 쓰여 있는 것처럼 모든 인간이 사랑으로 하나가 되어 창을 녹여 낫을 만드는 것 등이라고 가정해보지요. 뭐 좋습니다. 그런데 문제는 이러한 목표에 도달하는 데 장애가 있다는 것입니다.

그게 뭔지 아십니까? 바로 욕정입니다. 욕정 중 가장 강하고 가장 악하며 가장 끈질긴 게 성욕이고 육체적 사랑입니다. 때문에 욕정, 특히 가장 강한 성욕이 없어진다면 예언은 실현되는 것입니다. 인류는 하나가 될 것이고 인류의 목표도 이루어질 것입니다. 그러면 살아야 할 명분이 없어지게 되지요.

---

9 니콜라이 하르트만. 1882~1950. 독일 철학자. 객관주의적, 실재론적 입장을 견지했다.

인류가 생존하는 한 추구해야 할 이상이 있습니다. 물론 이 이상은 가능한 많은 씨를 퍼뜨리려는 토끼나 돼지의 이상과는 다르지요. 또 할 수 있으면 최대한 육체적인 쾌락을 누리려는 원숭이나 프랑스 파리 사람들의 이상과도 다릅니다. 인류가 추구해야 할 이상은 바로 절제와 순결을 통해 달성되는 선입니다.

사람들은 항상 이 이상을 추구해왔고 또 추구하고 있습니다. 그런데 어떤 결과가 나타나고 있는지 한번 보십시오.

육체적 사랑이 안전판이라는 겁니다. 오늘날 인류는 목표에 도달하지 못했습니다. 왠지 아십니까? 바로 욕정 때문입니다. 특히 성욕 때문이지요. 성욕이 있고 새로운 세대가 존재하는 한 목표 달성의 가능성은 다음 세대에게나 기대할 수 있을 것 같습니다. 다음 세대가 해내지 못하면 다음 세대가 하겠지⋯⋯. 이런 식으로 이어지지요. 그러니 무슨 결과가 나오겠습니까?

신이 인간을 창조할 때 특정 목표에 도달하도록 할 생각이었다면 성욕이 배제된 생명을 주었을 것입니다. 인간은 죽음을 피할 수 없는 존재인데 성욕이 없다면 어떤 결과가 나올 것 같습니까? 잠시 살다가 목표에 도달하지도 못한 채 죽을 것입니다.

목표에 도달토록 할 생각이 있다면 신은 새로운 인간을 창조해야 할 겁니다. 이들이 영생을 누리는 존재라면 수천 년 후 언젠가는 목표에 도달할 것이고 잘못을 시정해 완벽에 가까워진다는 것이 새로운 세대에게는 덜 힘들겠지요. 어쨌든 목표에 도달하면 이제 존재해야 할 이유는 없어지지 않겠습니까? 자식들은 또 어떻게 하고요? 만일 신이 그럴 생각이 아니었다면 있는 그대로 두는 것이 제일 좋습니다…….

저, 혹시 이런 식의 표현이 맘에 안 드는 거 아닙니까? 혹시 진화론자 아니십니까? 설령 그러셔도 결론은 같습니다. 동물 중 가장 높은 종은 인간입니다. 인간이 다른 동물과의 싸움에서 살아남기 위해서는 꿀벌 무리처럼 하나로 뭉쳐야지 한없이 번식만 해서는 안 됩니다. 꿀벌들처럼 중성인자를 키워야 합니다. 살아가면서 색정을 불태우지 못해 안달이 나서는 안 됩니다. 성욕을 자제하는 데 힘을 쏟아야 합니다."

그는 여기서 잠시 쉬었다가 다시 하던 말을 계속했다.

"인류의 대가 끊길 거라고요? 세상 돌아가는 모습을 보며 그런 생각을 안 해본 사람이 있습니까? 의심의 여지가 없습니다. 모든 교회의 가르침에 의하면 세상의 종말은 오게 되어 있습니다. 과학도 그렇게 주장하지요. 그러니 도덕적으로 같은 결론에 도달하는 게 뭐가 이상합니까?"

그는 이렇게 말하고 나서 차를 조금 마시고 담배를 다 피운 후 자루에서 새 담배를 꺼내 낡은 담배케이스에 채워넣었다.

"선생님 말씀을 이해합니다."

내가 말했다.

"셰이커교도[10]들도 비슷한 걸 주장합니다."

"그래요, 그렇습니다. 그 사람들 말도 맞습니다."

그가 말했다.

"어떻게 주입이 되었건 성욕은 악입니다. 그것도 아주 무서운 악입니다. 투쟁의 대상이지 우리 나라처럼 장려의 대상이 아니에요. 여자를 보고 음란한 생각을 품는 사람은 벌써 마음으로 그 여자를 범했다는 복음서의 말[11]은 남의 아내에게만 적용되는 게 아닙니다. 주로 자기 아내에게 적용되는 말입니다."

10 퀘이커 신앙을 기반으로 미국 뉴욕 주 쥬 르베론 마을에서 앤 리가 창시한 기독교를 따르는 신도. 근면, 절약, 동정을 중시했음.
11 「마태오의 복음서」 5장 28절의 구절

12

"그런데 우리 나라에서는 뒤바뀌었어요. 총각 때는 절제하겠다고 마음먹었다가도 결혼만 하면 저마다 딴생각을 하니 말입니다. 허니문은 젊은 사람들이 부모의 허락을 얻어 결혼한 후 둘만의 장소를 향해 떠나는 여행입니다. 쾌락을 허락하는 거나 다름없죠. 그러나 도덕률은 깨뜨리게 되면 응분의 대가를 치르게 되어 있습니다.

나만 하더라도 허니문을 멋있게 보내려고 했지만 결과는 신통치 않았습니다. 민망하고 부끄럽고 재미라곤 통 없었으니까요. 그러다가 정말 힘들어집니다. 순식간이었습니다. 사흘째던가 나흘째던가 나는 아내가 지겨워한다는 것을 알아차렸습니다. 물어보았죠. 왜 그러느냐고. 그러고는 아내를 안아주려 했습니다. 아내가 원하는 것은 그것뿐이라고 생각했었으니까요. 아내는 내 손을 뿌리치고 울기 시작하더군요. 아내는 내게 이유를 말해줄 수 없었던 거지요.

아내는 너무도 힘들어했습니다. 신경이 날카로워져서 내심 우리가 살을 섞는다는 것이 혐오스럽다고 생각하지 않았나 싶습니다. 아내는 이 말을 할 수 없었던 거지요. 계속 추궁하자 아내는 어머니가 없어서 서럽다던가 그렇게 대답했습니다. 믿어지지 않았습니다.

나는 어머니 문제는 접어두고 달래기 시작했습니다. 나는 어머니 문제는 단지 핑계일 뿐 사실은 그녀가 단순히 힘들어서 그랬다는 것을 깨닫지 못했습니다. 그러나 아내는 내가 어머니 문제를 접어두자 마치 내가 자기를 못 믿어서 그런 양 자존심 상해했습니다.

아내는 바로 그게 내가 자기를 사랑하지 않는 증거라며 나를 몰아세웠습니다. 나는 나대로 그녀가 심술을 부린다고 맞받았죠. 그러자 그녀의 표정이 홱 바뀌더군요. 화가 잔뜩 난 얼굴로 독기를 내뿜으며 나더러 이기주의자라느니, 잔인하다느니 하면서 퍼붓는 거예요. 얼굴을 보니까 차갑기가 이루 말할 수 없습디다. 어디 그뿐인가요. 적개심, 증오심까지 보이는 거예요. 그걸 보니 몸서리가 쳐집디다. 이런 생각이 들더군요. '아니 이게 뭐야? 사랑은 영혼의 결합이라는데 결합 대신 이게 뭐야! 아니야, 이건 저 여자의 본모습이 아니야!'

나는 그녀를 달래보려 애썼지만 차갑고 적대적인 벽에 부딪쳐 어떻게 해볼 도리가 없었습니다. 나 자신도 부아가 끓어올랐지만 당시에는 느끼지 못했습니다. 결국 우리는 서로 상처를 주는 말을 쏟아내고 말았습니다.

이 첫 번째 언쟁의 영향은 심각했습니다. 나는 언쟁이라고 불렀지만 사실은 언쟁이 아니었습니다. 그것은 우리 사이에 존재하던 절벽의 실체가 드러난 것이었습니다. 사랑에 빠진 것도 잠깐, 성욕의 충족에 자리를 내주고 사라져버렸고 우리는 서로 등을 돌리고 말았습니다.

이 말은 상대방을 이용해 가능한 많은 것을 얻어내려는 두 명의 완벽한 이기주의자가 되었다는 뜻입니다.

우리가 다툰 것을 나는 언쟁이라고 불렀지만 그건 언쟁이 아니었습니다. 그것은 욕정이 중단된 결과 드러난 우리의 실제 관계였던 것입니다. 나는 이 차갑고 적대적인 관계가 일상적인 우리 관계가 되리라곤 생각지도 못했습니다. 왜냐하면 이 적대적인 관계가 처음에는 곧이어 다시 정제된 욕정, 즉 사랑으로 덮여졌었기 때문입니다.

그래서 비록 싸웠더라도 화해했으니까 다시는 그런 일이 일어나지 않으리라고 생각했었습니다. 그런데 권태기는 허니문 한 달 동안 무척 빨리 찾아오더군요. 우린 다시 서로 필요한 존재임을 잊고 언쟁을 했습니다.

두 번째 언쟁은 첫 번째 것보다 내 마음을 더 아프게 했습니다. 첫 번째 언쟁은 우연이 아니라 필연이었다고 생각했습니다. 내가 두 번째 언쟁에 더 상처를 입은 것은 도무지 말도 안 되는 이유로 언쟁이 벌어졌기 때문입니다. 결코 부족함이 없었던 돈 문제 같은 것이었습니다. 다만 기억이 나는 것은 내가 뭐라고 한마디 했더니 아내는 그걸 내가 돈으로 자기를 지배하려는 마음이 드러난 것이라고 우겼던 것입니다.

아내는 그런 식으로 우겼습니다. 마치 내가 돈에 관한 한 독점권을 가지고 있었기라도 하듯이 말입니다. 정말 말도 안 되는 얘기죠. 어리석고 추하고 나나 아내에게 어울리지 않는 얘기였습니다. 나는 화가 나서 아내에게 건방진 소리 그만하라고 면박을 주었고 아내는 아내대로 나를 원망했습니다. 다시 싸움이 벌어졌습니다.

나는 아내의 말과 얼굴 표정에서 이전에 날 그렇게 아프게 하던 냉랭한 적개심을 다시 읽을 수 있었습니다. 형이나 친구 그리고 아버지와도 싸워보았지만 내 기억에 그처럼 특이하고 독기 서린 악의는 없었습니다. 그러나 얼마간의 시간이 흐르자 서로에 대한 사랑, 즉 욕정이 증오심을 덮었습니다. 그래서 나는 이 두 번의 언쟁은 시정할 수 있는 실수라고 생각하고 자신을 달랬습니다.

그러나 세 번째, 네 번째 언쟁이 이어지자 나는 우연이 아니라 필연임을 깨달았습니다. 그리고 앞으로 뭐가 기다릴 것인가에 생각이 미치자 두려운 생각이 들었습니다. 더 끔찍했던 것은 내 예상과는 달리 다른 부부들과는 다르게 나 혼자만이 그런 역겨운 생활을 해야 한다는 것이었습니다.

당시만 해도 나는 이것이 사람들의 일반적인 운명이라는 생각을 못 했습니다. 또 모든 사람들이 나처럼 자신의 결혼을 자신만의 예외적인 불행이라 여기고 이 예외적인 창피한 불행을 다른 사람들은 물론 자기 자신에게 숨기고 스스로도 이를 인정하려 들지 않는다는 사실을 까마득하게 모르고 있었습니다.

그러한 상태는 허니문이 시작되던 처음 며칠째부터 시작되어 날이 갈수록 점점 심해졌습니다. 처음 몇 주째부터 나는 내가 걸려들었다는 것을 마음속 깊이 느꼈습니다. 그뿐이 아닙니다. 내가 기대했던 것과는 전혀 다른 결과가 나왔고 결혼은 행복과는 거리가 먼 힘든 그 무엇이라는 것도 느꼈습니다.

그러나 나 역시 다른 사람들처럼 이런 사실을 다른 사람들에게 숨겼고 나 자신에게도 숨겼습니다. 만일 모든 게 끝나지 않았다면 지금도 자인하지 않았을 겁니다. 지금 내가 희한하게 생각하는 것은 어떻게 내가 처한 처지를 그렇게도 모르고 있었는가 하는 점입니다. 진작 알았어야 했습니다. 왜냐하면 언쟁이 끝난 후 아무것도 아닌 이유로 싸웠다는 것을 깨닫자마자 다시 다투기 시작했으니까요.

이성은 서로에 대한 적개심이 가라앉는 데 충분한 기회를 주지 못했습니다. 더 기가 막히는 것은 화해하는 데 필요한 핑곗거리가 별로 없었다는 점입니다. 말도 해보았고 해명도 해보았고 심지어는 눈물도 가끔 흘려보았습니다. 문자 그대로 가끔요.

아! 지금도 생각하면 추하기만 합니다. 심한 말을 서로에게 퍼붓고 나서 갑자기 말없이 물끄러미 쳐다보다가 미소를 짓고 키스를 하고 껴안았거든요……. 푸, 추잡한 짓이었습니다! 왜 당시에는 그걸 추잡하다고 생각하지 않았는지……."

13

승객 두 명이 들어와서 좀 떨어진 좌석에 앉았다. 그들이 자리를 잡고 앉는 동안 그는 입을 다물었다. 그들이 조용해지자 그는 하던 얘기를 계속했다. 그는 잠시라도 생각의 실마리를 놓치고 싶지 않은 것 같았다.

"정말 중요한 점은 불결하다는 겁니다."

그는 말문을 다시 열었다.

"이론적으로 사랑은 이상적이고 고상하다고 하지요. 그러나 현실적으로는 그렇지 않습니다. 입에 담거나 생각만 해도 추잡하고 낯뜨거운 겁니다. 자연이 괜히 그렇게 만들었겠습니까. 추잡하고 창피한 것이라면 그렇게 또 이해해야 마땅합니다. 그러나 사람들은 이처럼 추악하고 낯뜨거운 것을 아름답고 고상한 것인 양하거든요.

내 경우 사랑이 처음에 어떤 특징을 지녔는지 한번 살펴볼까요? 나는 동물적 욕심을 한껏 채운다는 것을 창피하게 여기지도 않았을뿐더러 육체적으로 그처럼 마음껏 성욕을 발산할 수 있다는 사실을 왠지 자랑스럽게 여겼습니다. 그리고 마음껏 즐겼습니다. 하지만 사랑이 지니는 정신적인 면은 물론 심지어 육체적인 면도 전혀 생각해보지 않았습니다.

그러니 우리가 왜 서로에 대해 앙심을 품게 되었는지 모르고 어리둥절해질 수밖에요. 그러나 알고 보니 뻔했습니다. 그 앙심은 다른 게 아니라 동물적인 것에 억눌려 있던 인간적인 천성의 저항이었던 것입니다.

나는 우리가 서로 미워하고 있다는 사실에 놀라움을 금치 못했습니다. 그건 어쩔 수 없는 일이었습니다. 그 미움은 서로 부추겨 범죄를 저지른 공범이 서로에 대해 갖는 미움과 다를 바 없었습니다.

불쌍한 그녀가 첫 달에 임신한 채로 돼지처럼 나와 관계를 지속하는 것이 범죄가 아니고 무엇이겠습니까? 얘기가 옆길로 샜다고 생각하십니까? 천만에요! 나는 줄곧 내가 아내를 어떻게 죽였는지 말씀드리고 있는 겁니다.

법정에서는 내게 아내를 뭘로 어떻게 살해했는지 묻습니다. 어리석기 짝이 없어요! 그들은 내가 10월 5일 칼로 살해했다고 생각합니다. 내가 아내를 살해한 것은 그날이 아니에요. 훨씬 전입니다.

사람들은 지금도 자기 아내를 죽이고 있지 않습니까, 모든 사람들이 말입니다. 나도 똑같았습니다……."

"그래 어떻게 죽이고 있다는 말씀입니까?"

내가 물었다.

"바로 그겁니다. 뻔한데 아무도 알려고 들지 않는 게 신기해요. 의사들이 나서야 하는데 입을 굳게 다물고 있어요. 아주 간단합니다. 남자와 여자는 동물로 창조되었기 때문에 육체적인 사랑을 나누고 나면 임신을 하게 되고 다음에는 아이를 낳아 키우게 됩니다. 이때 육체적인 사랑은 여자나 아이에게 다 해롭습니다.

남자와 여자의 수는 거의 같습니다. 이것이 뭘 의미하는지는 명백합니다. 그러니 성욕을 자제해야 한다는 결론을 얻는 데는 대단한 지혜가 필요치 않습니다. 그러나 과학은 혈액 속에서 돌아다니는 백혈구와 온갖 불필요한 잡동사니를 발견하는 데는 성공했지만 이 사실을 이해하지는 못했습니다.

그러니까 여성에게는 탈출구가 두 개 있습니다. 하나는 필요에 따라 여성의 능력, 바꿔 말하면 어머니가 되는 능력을 파괴하는 것입니다. 그렇게 되면 남자는 언제나 편안한 마음으로 즐길 수 있지요.

다른 하나는 탈출구라 부르기에는 뭣합니다. 좀 거칠긴 하지만 정면으로 자연의 법칙을 어기는 겁니다.

사실 여자가 임신도 해야 하고 애도 키워야 하고 동시에 남편의 정부 역할도 수행해야 한다는 정도까지 동물은 수준이 떨어지지 않았습니다. 그렇게 힘이 남아돌 수도 없고요.

그렇기 때문에 우리 세계는 히스테리 환자, 감정을 절제하지 못하는 사람투성이입니다. 아시다시피 처녀나 동정을 지키는 사람들 중에는 히스테리 환자가 없습니다. 오직 남편과 같이 사는 여편네들에게서만 그런 환자를 찾아볼 수 있습니다. 유럽도 마찬가지죠.

병원은 자연의 법칙을 어김으로써 히스테리에 시달리는 여자들로 넘칩니다. 히스테리 환자가 됐건 샤르코[12]의 환자가 됐건 정신적 불구자이기는 매한가지입니다. 세상의 반은 불구자인 사람들로 가득 차 있습니다.

여자가 임신하거나 태어난 아이에게 젖을 먹이는 모습을 보십시오. 얼마나 위대합니까. 아이는 대를 잇고 자라서 우리를 대신

---

12 장 마르텡 샤르코. 1825~1893. 프랑스 의사이자 신경병리학자, 정신요법의 창시자. 히스테리, 노이로제 연구에 전념하여 다양한 치료법을 개발했음.

합니다. 그런데 이 성스러운 일이 무엇인가에 의해 침해받는다? 상상만 해도 끔찍한 일 아닙니까! 그러니 여성의 자유니, 권리니 하며 떠들어대지요. 이건 식인종이 포로를 식용으로 사육하면서 그들의 권리와 자유에 대해 신경 쓰고 있노라고 주장하는 거나 똑같죠."

나는 심한 충격을 받았다.

"어떻게요? 만일 그렇다면,"

나는 한마디 했다.

"아내를 이 년에 한 번 사랑해줄 수 있다는 이야긴데, 그러면 남자는……."

"남자는 그렇게는 못 하죠."

그가 말을 받았다.

"그렇다고 의사들은 우깁니다. 나라면 의사들에게 여자들의 의무를 이행하라고 명령하고 싶습니다. 어떤 반응을 보일지 궁금하군요.

한 남자를 골라 그에게 보드카, 담배, 아편이 필수적이라고 주입시키면 실제로 그렇게 되고 맙니다. 그러니까 신은 남자를 만들 때 뭐가 필요한지 몰랐지만 의사에게 자문을 구하지 않았기 때문에 남자를 그처럼 엉망으로 만들었다는 결론이 나옵니다. 그러나 잘 생각해보십시오. 맞는 게 아닙니다.

의사라는 마법사들은 남자라면 의당 욕정을 충족시켜야 한다고 했지만 여기에 아이를 낳는 문제와 키우는 문제가 섞여 들어갔어요. 욕정의 충족을 방해하는 요소지요. 이것이 문제입니다. 그들은 자기들에게 상의하라고 그럽니다. 생각 한번 잘해냈지요. 이 마법사들이 사기치는 짓을 그만둔다면 어떻게 될까요? 이젠 때가 된 겁니다. 사람들이 정신착란을 일으켜 나가서 총으로 자살하는 일이 벌어지는 것도 다 이 때문입니다. 달리 뾰족한 수가 있겠어요?

동물들은 후대가 자기들을 이어줄 것을 아는 양 자연의 법칙에 따라 행동하죠. 인간만이 이를 모르고 있고 또 알려고 들지도 않아요. 오로지 최대한 욕정을 채우는 데만 관심을 쏟을 뿐입니다. 누가 그러느냐고요? 만물의 영장인 인간이 그러지요.

아시다시피 동물들은 자손을 만들 수 있을 때만 교접합니다. 그러나 추악한 만물의 영장은 마음 내키는 대로 아무 때나 그 짓을 해요. 그걸로 부족해서 이 원숭이 같은 짓을 창조를 위한 위대한 행위니 사랑이니 하며 승화시킵니다. 그러고는 추하기 짝이 없는 사랑의 이름으로 망쳐놓습니다. 뭘 망쳐놓느냐고요? 인류의 절반인 여성들을 말입니다.

인류가 진리와 지복을 향해 나아가는 데 도움을 주어야 할 여성들을 모두 욕구를 충족시킨다는 미명하에 협조자는커녕 적으로 만들어버립니다. 보십시오. 인류가 전진하는 데 도처에서 훼방을 놓는 게 도대체 무엇인지? 바로 여자들입니다. 여자들이 왜 그럴까요? 바로 그런 이유 때문입니다. 그럼요, 그렇고말고요."

그는 마지막 말을 두어 차례 되풀이하고 나서 몸을 가볍게 떨더니만 자신을 진정시키기 위해 담배를 꺼내 피우기 시작했다.

14

"나는 그처럼 돼먹지 않은 삶을 살았습니다."

그는 다시 좀 전의 톤을 유지하며 얘기를 계속했다.

"무엇보다도 잘못된 점은 그처럼 돼먹지 않은 생각을 하고 살면서도 아내 이외의 여자에게 한눈팔지 않겠다는 각오를 아주 자랑스럽게 생각했다는 것입니다. 때문에 가정에 충실한 삶을 살게 될 것이고 나 자신도 도덕적으로 깨끗하고 결함이 없는 사람이라고 생각했습니다. 그 결과 우리 부부가 말다툼을 하게 되면 그에 대한 책임은 아내, 바꿔 말해서 아내의 성격에 있다고 생각하게 되었습니다.

물론 아내의 잘못은 아니었습니다. 아내는 대부분의 여자들처럼 평범한 여자였습니다. 아내는 우리 사회에서 상류계층의 여성들이 받는 교육을 받았습니다. 안정된 계층의 여성들이 받는 교육의 수혜자였단 말입니다.

사람들은 새로운 여성 교육에 대해 저마다 한마디씩 하죠. 다 부질없는 소리입니다. 여성 교육은 기존의 위선을 배제하고 참된 여성관을 바탕으로 이루어져야 합니다.

남자들이 여자들을 어떻게 보는지 사실은 우리 모두 알고 있습니다.

흔히 '술, 여자, 노래'라 하고 시인들도 시에서 그렇게 읊고 있지요. 연애시부터 시작해서 비너스와 프리네[13]의 나신에 이르기까지 시, 그림, 조각을 한번 보십시오. 여자는 쾌락의 도구가 아닙니까. 트루바나 그라초프카[14] 그리고 궁중 무도회에서도 마찬가지죠. 악마가 얼마나 교활한지 보십시오. '즐겨, 마음껏 발산하라고. 그러면 욕구 충족이 뭔지, 여자가 얼마나 달콤한지 알게 될 거야'라고 속삭이거든요.

옛날에는 기사들이 여자를 숭배한다고 그랬습니다. 그러나 숭배는 했지만 사실은 여자를 여전히 쾌락의 도구로 보았습니다. 지금은 숭배하는 게 아니라 존중한다고 주장하고 있습니다. 여자에게 자리를 양보하거나 손수건을 집어주고 관청 등에서는 일할

---

13 고대 그리스의 미모의 창부.
14 두 곳 모두 모스크바의 사창가.

권리를 인정하고 있지요. 그렇지만 여성관은 달라지지 않았습니다. 여자는 어디까지나 쾌락의 도구라는 거지요. 여성의 몸은 향락의 수단이고요. 여자들도 이 사실을 알고 있습니다.

노예 상태나 다를 바 없죠. 노예 상태란 다른 게 아니라 많은 사람들의 강제노동을 몇몇 사람이 이용하는 겁니다. 그러니까 노예 상태가 없어지고 사람들이 다른 사람들의 강제노동을 향유할 생각을 하지 못하도록 이것을 죄악이나 수치로 인식하도록 해야 합니다.

그런데 노예 상태의 외형만 없애고 상인들이 노예를 데려다 파는 것만 금지시키고 나서 이제 노예제도는 더 이상 존재하지 않는다고 착각하지요. 따라서 노예 상태가 계속되고 있음에도 이를 직시하지 못하고 또 직시하려 들지도 않습니다. 왜냐하면 사람들이 타인의 노동을 이용하는 것을 좋아하고 또 정당하다고 생각하기 때문입니다.

문제는 이를 좋다고 여기는 사람들과 이런 사람들 가운데 항상 힘이 세고 약삭빠른 사람들이 있다는 것입니다.

여성해방도 같은 맥락에서 볼 수 있습니다. 여성의 노예 상태, 이 문제의 핵심은 사실 간단합니다. 사람들이 여자를 쾌락의 도구로 이용하기를 원하고 또 이를 좋은 일이라고 생각하는 데 있는 거지요.

그런데 이제 여자들을 해방시키고 여자들에게 남자와 동등한 모든 권리를 부여한답니다. 그렇지만 여자를 여전히 쾌락의 도구로 보고 있으니 문제지요. 또 어렸을 때부터 그렇게 교육시키고 여론도 여기에 한몫하고 있습니다. 그러니 여자는 얕잡히고 몸을 망친 노예죠. 당연히 남자는 남자대로 타락한 노예 주인이지 뭐겠습니까.

대학과 궁전에서 여자를 해방시킨다고 합니다만 여자가 쾌락의 도구로 인식되고 있기는 마찬가지죠. 우리 나라에서 교육받은 대로 여자에게 자신을 직시하라고 가르치면 평생 비천한 노예로 남을 겁니다. 아니면 불한당 같은 의사들의 도움을 얻어 피임을 하게 될 텐데 그건 창녀가 되는 걸 의미하지요. 그러면 동물의 수준을 넘어서 사물의 수준으로 떨어지게 되는 겁니다. 아니면 대부분 그렇듯이 히스테리와 같은 정신병에 걸려 불행하게 될 겁니다. 물론 정신적인 발전의 여지는 없을 거고요.

김나지움과 대학도 이런 상황을 바꾸지는 못합니다. 오로지 남성들의 여성에 대한 시각 그리고 여성들의 여성 자신에 대한 시각이 바뀌어야만 가능합니다.

여성이 처녀 때를 최고의 시절로 인식할 때 비로소 변화가 일어나지 지금처럼 인간의 최고 경지를 수치나 불명예로 여기는 상황에서는 변화를 기대할 수 없습니다.

교육 정도에 관계없이 모든 처녀의 이상은 가능한 많은 남자, 가능한 많은 수컷을 끌어들이는 것일 겁니다. 목적은 물론 선택의 폭을 넓히려는 것이지요.

수학에 대해 좀 많이 알고 하프를 연주할 줄 안다고 해서 달라지는 건 하나도 없습니다. 여자는 남자의 넋을 빼놓을 때 행복해하고 자신이 원하는 모든 것을 얻을 수 있습니다. 그러므로 여자의 중요 과제는 남자를 홀릴 줄 아는 능력을 갖추는 것입니다. 이건 과거에도 그랬고 미래에도 그럴 것입니다. 또한 처녀 때도 그렇고 결혼한 후에도 그렇습니다. 처녀 때는 신랑감을 선택하는 데 필요하고 결혼한 후에는 남편을 다스리는 데 필요하지요.

이 기교를 일시적으로 접어두게 하거나 억누르는 것은 하나밖에 없습니다. 바로 자식이지요. 여자가 불구가 아니라면 직접 애에게 젖을 물리니까요. 그러나 여기서도 의사들은 다시금 가만있지 않습니다.

내 아내는 직접 젖을 먹이고 싶어 했고 또 다섯 아이를 젖을 물려 키웠습니다. 그렇지만 첫아이 때 건강이 안 좋았습니다. 의사들은 뜻 모를 미소를 지으며 아내의 옷을 벗기고 몸을 더듬었습니다. 그걸 나는 고마워해야 했고 게다가 돈까지 주어야 했습니다. 친절하기도 하신 의사 나리들은 아내에게 수유를 금지시켰습니다. 그 결과 잠시나마 그녀가 교태를 부리는 것을 막을 수 있었던 유일한 수단이 사라져버렸습니다.

유모가 젖을 먹이게 되었습니다. 우리는 한 여성의 가난과 무지를 이용해 그 여성의 아이로부터 어머니를 빼앗아 우리 아이에게 데려왔고 아이어머니에게 레이스가 달린 유모 모자를 씌워준 것입니다.

그러나 정작 중요한 문제는 딴 데 있었습니다. 임신과 수유로부터 놓여난 바로 그 기간에, 그녀가 풍기던 교태 어린 체취가 이전보다 훨씬 강하게 나타난 것입니다. 그러자 그에 비례해 나의 내부에서도 엄청난 강도를 지닌 질투의 괴로움이 되살아났습니다.

그 괴로움은 결혼생활 내내 나를 따라다녔습니다. 아내와 함께 사는 보통 남편들은 그런 괴로움을 겪지 않을 겁니다. 그러나 나는 달랐습니다."

15

"나는 결혼생활 내내 질투의 괴로움에 시달렸습니다. 그런데 유난히 더 시달렸던 때가 있었죠. 예를 들어보겠습니다.

첫아이를 낳고 나서 의사들이 아내에게 수유를 금지하던 때였습니다. 그때 질투심이 유별났던 데는 다 이유가 있습니다. 첫 번째는 아내가 어머니들 특유의 불안감을 느꼈기 때문인데 이유없이 정상적인 생활 리듬을 깨뜨리기에 충분한 것이었습니다.

두 번째는 아내가 스스럼없이 어머니로서의 도덕적 의무를 포기하자 내가 무의식적으로 이렇게 생각했기 때문이었습니다. 즉, 아내가 아내의 의무도 가볍게 저버릴지 모른다는 것이었습니다. 게다가 아내는 건강 상태가 좋아져서 친절하신 의사 나리들이 금지했음에도 아이들을 직접 젖을 먹여 훌륭히 키워냈습니다."

"그래서 의사들을 안 좋아하시는군요."

나는 그가 의사들에 대해 언급할 때마다 어조에 악의가 있음을 간파하고 말했다.

"이건 좋아하고 안 하고의 문제가 아닙니다. 그들이 수천 수십만 명의 인생을 망쳤고 지금도 망치고 있듯이 내 인생도 망가뜨렸습니다. 그러니 원인과 결과를 결부지어 생각하지 않을 수가 없지요. 의사들이 뭘 원하는지 압니다. 그들도 변호사나 다른 사람들처럼 돈을 짜내고 싶어 하는 거죠. 내 재산의 절반을 기꺼이 줄 용의도 있습니다. 단, 그들 하나하나가 자기가 뭘 하고 있는지 깨달아야 합니다. 내 가정생활에 간섭하지 않고 가까이 오지만 않는다면 재산의 절반을 준다고요.

증거를 수집해두지는 않았지만 그들이 어머니의 자궁에 있는 아이를 죽인 건을 수십 건이나 알고 있습니다. 발각되면 그들은 끝장이지요. 그들은 그렇게 태아를 죽이면서 산모가 분만하지 못해서라는 구실을 달지만 산모는 이후에도 잘만 애를 낳습니다. 어디 그뿐인가요. 수술을 한답시고 아예 산모들을 죽인 일도 있었는걸요.

종교재판을 살인으로 여기지 않았듯이 이걸 살인이라고 생각하는 사람은 없습니다. 인류의 복을 위해서라고 전제하기 때문입니다. 그들이 저지른 범죄는 이루 헤아릴 수 없습니다. 그래도 이런 범죄는 그들이 특히 여자들을 통해 세상에 몰고 온, 물질주의에 바탕을 둔 도덕적 타락에 비하면 약과입니다.

하고 싶은 얘기는 아닙니다만 그들의 지시에 따르면 전염병 때문에 사람들은 곳곳에서 단결이 아니라 분열을 지향해야 한답니다. 그들의 처방에 따라 우리는 모두 페놀이 든 분무기를 입에 물고 서로 떨어져 앉아 있어야 합니다. 입을 열면 소용이 없지요. 그러나 이것도 사실은 약과예요. 진짜 독은 인간의 타락, 특히 여자들의 타락에 있습니다.

오늘날 '잘못 살고 있는 거야, 더 나은 삶을 살아야지' 라고 말할 수는 없습니다. 이런 말은 자기 자신은 물론 남에게도 해서는 안 됩니다. 그리고 만일 잘못 살고 있다면 그 원인은 신경기능이 비정상적이라든가 하는 데 있는 겁니다. 그러면 의사들에게 가야 합니다. 그들이 35코페이카어치 약을 처방해주면 약국에서 약을 받아 복용하게 되지요. 상태가 더 안 좋으면 약으로 끝나지 않고 다시 의사가 달려듭니다. 정말 웃기는 일이에요!

하지만 이건 중요치 않습니다. 내가 말한 건 다른 거죠. 아내가 아이들을 직접 젖을 먹여 잘 키웠다는 것, 바로 이 사실 하나만이 나를 질투의 고통으로부터 지켜주었다는 겁니다. 만일 그게 아니었다면 더 일찍 난리가 났을 겁니다. 아이들이 나도 살리고 아내도 살린 셈이죠. 아내는 팔 년 동안 다섯 아이를 낳았습니다. 그리고 죄다 직접 젖을 먹여 키웠습니다."

"자녀들은 지금 어디에 있습니까?"

내가 물었다.

"아이들요?"

그는 어리둥절한 표정으로 되물었다.

"죄송합니다. 생각하기 힘드신 모양이지요?"

"아, 아니요. 우리 아이들은 처형과 처남이 데려가버렸습니다. 내게 주지 않았습니다. 재산을 넘겨주었는데도 돌려주지 않았습니다. 내가 정말 미쳤나 봅니다. 지금 아이들한테서 오는 길입니다. 아이들을 보게는 해주지만 돌려주지는 않는군요.

하지만 아이들에게 우리 같은 사람은 되지 말라고 일렀습니다. 그러나 그렇게 될 것이 틀림없습니다. 어쩔 수 없지요! 내게 돌려주지 않고 믿지 않아도 하는 수 없습니다. 그래도 싸지요. 내게 아이들을 교육시킬 힘이 있는지 나 자신도 의심스러우니까요. 사실 없습니다. 폐인인걸요. 단 하나 내 내부에 남아 있는 게 있습니다. 난 알고 있어요. 그럼요. 사람들이 진실을 깨닫는 데는 시간이 걸린다는 거죠. 사실이에요.

네, 아이들은 살아 있습니다. 걔들은 걔네들 주변의 아이들처럼 멋대로 자라고 있습니다. 딱 세 번 봤습니다. 내가 아이들을

90

위해 해줄 수 있는 일은 없습니다.

　나는 남쪽으로 가는 중입니다. 그곳에 조그만 집과 정원을 가지고 있거든요.

　그렇습니다. 내가 알고 있는 것을 사람들이 깨닫는 데는 시간이 걸릴 겁니다. 태양이나 별에 철이 많이 있는지 어떤 종류의 금속이 있는지 아는 데는 시간이 별로 안 걸릴 겁니다. 그러나 우리가 저지른 비행을 파헤치는 것, 이건 힘듭니다. 정말 힘듭니다 …….

　듣기만 하시는군요. 그래도 고맙습니다."

16

"아이들 생각이 나게 해주셨으니 드리는 말씀인데 사람들은 아이들에 대해서도 별의별 거짓말을 다 하고 있죠. 아이들은 신의 축복이자 기쁨이라고 합니다. 다 거짓말입니다.

한때는 그랬어요. 그러나 오늘날은 아닙니다.

자식은 고역입니다. 그 이상, 그 이하도 아니에요. 대부분의 어머니들은 그렇게 느끼고 있고 또 가끔 무심코 그렇게 말합니다. 우리같이 잘사는 계층의 어머니들에게 물어보면 대부분 아이들이 아프거나 죽을까 봐 겁이 나서 아이를 갖고 싶지 않다고 대답할 겁니다. 또 아이를 설사 낳았더라도 아이에게 매이거나 아이로 인해 고통받기 싫어서 키우기 싫다고 할 것입니다.

아이의 쪼그만 손발, 자그만 몸뚱이가 꼼지락거려 어머니에게 안겨주는 달콤함과 희열은 어머니들이 겪는 고통에 비하면 초라하기만 합니다. 실제로 아이가 아프거나 죽는 경우는 차치하고라도 혹시 아프거나 죽을까 봐 노심초사하는 것만 보아도 그렇습니다. 아이로 인해 갖는 기쁨보다 걱정이 더 크니까 아이를 갖는 건 바람직하지 않다는 결론이 나오게 됩니다. 여자들은 드러내놓고 그렇게 말합니다. 그러면서 그런 걱정이나 결론은 애들에 대한 사랑, 자기들이 자부심을 갖고 있는 좋은 감정에서 비롯된다고 생각합니다.

그런데 여자들이 간과하는 게 있습니다. 바로 그렇게 생각함으로써 노골적으로 모성애를 거부하고 자기들의 이기주의만 증명하게 된다는 점이지요. 여자들은 아이의 재롱이 안겨주는 희열이 아이가 안겨주는 두려움보다 작기 때문에 걱정거리일 뿐인 아이를 원치 않는다는 것입니다. 여자들은 사랑받을 한 생명을 위해 자신을 희생하려 들지 않습니다. 그들이 바라는 건 '자기 자신이 사랑받는 존재로 남는 것입니다.

이건 분명히 이기주의입니다. 그러나 여성들의 그런 이기주의를 비난하려 해도 우리 사회에서 다시금 의사 나리들 덕분에 애들의 건강 문제로 그녀들이 겪는 고통을 생각하면 손이 올라가지 않습니다.

지금도 생각납니다만 끔찍했습니다. 애가 셋이 되고 넷이 되었을 때 아내는 온통 아이들에게 매달려 있게 되었습니다. 우리 생활이라는 건 아예 없었습니다. 지속적인 위험 상태랄까요. 벗어났다 싶으면 찾아오고 다시 위험에서 벗어나고. 뭐 항상 그런 상태였습니다. 난파선 같다고나 할까요.

이따금 아내가 날 이기려고 일부러 아이들에게 매달려 있다는 느낌도 듭니다. 그녀 편한 대로 모든 문제가 해결되곤 했으니까요. 그럴 때마다 가끔씩 아내가 일부러 그런다는 생각을 해보았지요. 그런데 사실은 그게 아니었습니다. 아내는 정말 엄청난 고통을 받고 있었고 아이들이 건강하면 건강한 대로, 아프면 아픈 대로 항상 시달렸습니다. 그건 그녀에게도 내게도 시련이었습니다. 그러니 고통을 면할 길이 없었지요.

아내의 아이들에 대한 애착, 아이들을 먹이고 어르고 보호하려는 동물적인 욕구는 대부분의 여성과 다를 게 없었지만 동물들과 다른 점은 상상력과 이성을 지니고 있었다는 점입니다.

어미닭은 병아리에게 일어날 수 있는 일을 두려워하지 않습니다. 또 병아리가 앓을 수 있는 온갖 질병에 대해 알지도 못합니다. 인간들처럼 병이나 죽음으로부터 새끼를 지켜낼 수 있는 수단이 무엇인지 상상하지도 알지도 못합니다. 그러니 병아리들이 어미닭에게는 고역이 될 수가 없습니다.

어미닭은 본능이 시키는 대로 기꺼이 병아리를 위해서 헌신합니다. 어미닭에게 병아리는 기쁨인 거지요. 그러다 병아리가 아프기 시작하면 어미닭은 병아리의 몸을 덥혀주든가 먹이를 먹이든가 등의 지극히 제한된 일밖에 할 줄 모릅니다. 그런 일을 하면서 어미닭은 자신이 할 수 있는 일은 이것밖에 없다는 사실을 알고 있지요. 병아리가 죽으면 왜 죽었는지, 어디를 향해 떠났는지 생각하지 못합니다. 그저 꼭꼭꼭 하고 울다가 그치고 이전처럼 살아갑니다.

불행한 어머니들이나 내 아내의 경우는 당연히 그게 아니었습니다. 병의 종류는 물론이고 어떻게 하면 낫는지 또 어떻게 가르치고 키울 것인지에 대해 여기저기서, 밑도 끝도 없이, 별의별 종류의, 시도 때도 없이 변하는 규칙들에 대해 듣고 읽었으니까요.

'이걸 먹여야 한다, 아니야, 저걸 먹여야 해, 아니야, 이거야.' 입히고 먹이고 씻기고 자리에 눕히고 바람을 쏘여주는 등 이 모든 것에 대해 우리, 특히 아내는 매주 새로운 규칙을 알아냈습니다. 마치 아이들이 어제 태어난 듯이 말입니다. 그렇게 먹이지 않고 그렇게 제때 보살펴주지 않아 아이가 아프기라도 하면 그녀의 책임이었습니다. 해야 할 일을 안 했기 때문이지요.

건강하더라도 고통스러웠습니다. 아이가 아프기라도 하면 끝나는 거였으니까요. 지옥이 따로 없었습니다. 병이 치료가 가능하고 또 그걸 가능케 하는 의사가 있다고 가정해봅시다. 의사들은 낫게 하는 방법을 알고 있습니다. 전부 다는 아니지만 뛰어난 사람들은 알고 있습니다. 아이가 아프면 아이를 구할 수 있는 가장 유능한 의사에게 가야 합니다. 그러면 아이를 구할 수 있지요. 그러나 그런 의사를 구하지 못하거나 그런 의사가 다른 곳에 살고 있다면 아이는 죽고 맙니다.

이런 생각은 아내만 한 게 아니라 아내 주위의 여자들 모두가 그렇게 믿었습니다. 그래서 아내는 주위에서 듣는 게 정해져 있었습니다. 예카테리나 세묘노브나 부인의 아이가 둘이나 죽었는데 원인은 이반 자하르이치 선생님을 제때 부르지 않았기 때문이라든가 이반 자하르이치 선생님이 마리야 이바노브나 부인의 큰딸을 낫게 해주었다든가 하는 것입니다.

뿐만 아니라 페트로프 씨 가족 중 의사의 충고에 따라 제때 호텔에 분산 투숙한 이들은 목숨을 건졌지만 떠나지 못한 이들은 아이들과 함께 죽었다는 얘기나, 어떤 부인의 아이는 몸이 약했는데 의사의 충고에 따라 남쪽 지방으로 이사해서 아이를 구했다는 얘기 따위 말입니다.

본능적으로 애착이 가는 아이의 생명이 자기가 이반 자하르이치 선생이 하는 말을 제때 알아듣느냐 그렇지 못하느냐에 달려 있는 마당에 어머니로서 평생 걱정 근심에서 헤어날 재간이 있겠습니까. 그런데 이반 자하르이치 선생이 하는 말이 무슨 뜻인지는 아무도 몰라요. 당사자도 모르는걸요. 그럴 수밖에요. 그 사람 스스로도 자신이 아무것도 모르고 있고 아무런 도움도 줄 수 없다는 사실을 너무도 잘 알고 있으니까요. 단지 사람들이 그가 뭔가 알고 있다는 믿음을 버리지 않도록 생각나는 대로 주섬주섬 주위섬길 따름이지요.

아내가 차라리 완전한 동물이라면 그렇게 괴로워하지는 않았을 겁니다. 반대로 완벽한 인간이라면 신에 대한 믿음이 있었을 것이고 신앙심이 돈독한 아낙네들처럼 생각하고 말했을 겁니다. '하느님이 주시고 거두셨어요. 모든 게 하느님의 뜻이에요' 라고 말입니다. 또 자기 아이를 포함해 모든 인간이 살고 죽는 것은 인간의 능력 밖의 일로 오직 신만이 관장하는 일이라 생각할 수도 있었을 겁니다. 그러면 아이들이 병에 걸리거나 죽을까 봐 괴로워하지 않아도 되었을 거고요.

그런데 아내는 그렇게 하지 못했습니다. 아내는 이렇게 생각했습니다. 무수한 재앙을 피할 길 없는 힘없고 약하디약한 존재가 자신에게 주어진 것이라고. 아내는 이 존재들에 대해 본능적인 뜨거운 애착을 갖고 있었습니다.

그런데 힘없는 이 존재들은 아내에게 위탁은 되었지만 정작 온전히 보존하는 방법은 아내에게는 은폐되고 전혀 모르는 사람들에게만 개방되어 있었습니다. 그들의 서비스와 조언을 얻으려면 큰돈을 지불해야 했습니다. 그러나 그것도 항상 가능한 것은 아니었습니다.

아이들과 함께 지낸 삶은 아내나 내게 기쁨이 아니라 고통이었습니다. 달리 방법이 없었어요. 아내는 늘 힘들어했습니다.

의례적인 말다툼을 한 후 흥분을 가라앉히면서 뭔가 좀 읽고 생각 좀 할라치면 어김없이 방해를 받곤 했지요. 바샤가 잡아당긴다든가 마샤가 떨어져서 피를 흘린다든가 아니면 안드류샤에게 발진이 생겼다든가 하고 말입니다. 그러니 생활이 말이 아니었죠. 의사를 부르러 어디로 가겠어요? 아이들은 어디로 보내고요? 관장을 하고 열을 재고 물약을 먹이고 의사를 부르고 난리였죠. 간신히 그게 끝나면 뭔가 다른 일이 또 생기고. 안정된 생활하고는 거리가 멀었습니다.

대신 말씀드린 대로 상상할 수 있는 진짜 위험으로부터 벗어나는 일만이 있었을 따름입니다. 사실 대부분의 가정이 그렇습니다. 우리 가족의 경우는 특히 심했지요. 아내는 자식 사랑이 유별났고 사람을 쉽게 믿는 버릇이 있었으니까요.

그러니까 아이들의 존재는 우리의 삶을 윤택하게 한 게 아니라 오히려 멍들게 했다고 할 수 있습니다. 아이들은 우리에게 불화의 새로운 동기가 되었습니다. 아이들이 자라남에 따라 아이들

자체가 더욱 자주 불화의 수단이자 대상이 되었으니까요. 이에 그치지 않고 아이들은 부부 싸움의 무기가 되기도 했습니다.

우리 부부는 싸울 때 무기로 삼는 자식이 각자 따로 있었습니다. 나는 큰아들 바샤를, 아내는 리자를 가지고 서로 싸웠습니다. 아이들이 조금 더 커서 나름대로의 개성이 형성되자 우리 부부는 아이들을 서로 자기편으로 끌어들여 동맹군으로 만들기까지 했습니다.

불쌍한 아이들만 엄청나게 시달렸지요. 하지만 우리 부부는 끊임없는 싸움에 정신이 팔려서 그런 걸 생각지도 못했습니다. 딸아이는 내 편이었고 엄마를 닮은 아들애는 제 엄마 편이어서 자주 나를 증오했습니다."

17

"음, 그렇습니다. 그렇게 살았습니다. 우리 부부는 점차 적대적이 되었습니다. 그러다 마침내 서로 의견이 달라 앙심을 품는 게 아니라 앙심을 품고 있기 때문에 의견이 달라지는 상황으로까지 변했습니다. 아내가 무슨 말을 꺼내기도 전에 나는 반대했는데 그건 아내도 마찬가지였습니다.

결혼한 지 사 년째 되자 우리는 서로 상대를 이해하지 못하고 의견의 일치도 기대할 수 없다는 결론을 자연스럽게 내리게 되었습니다. 우리는 더 이상 상대방의 얘기를 끝까지 들으려 하지 않았습니다.

지극히 간단한 문제들, 특히 아이들 문제에 대해서도 우리는 각자 자기 의견을 고수했습니다. 지금 생각해보면 당시 내가 고집한 의견이 양보할 수 없을 만큼 대단했던 것은 아닙니다. 아내의 견해가 달랐기 때문인데 물러선다는 것은 아내에게 굴복하는 것이라고 생각했던 것입니다. 굴복할 수는 없었습니다. 아내도 마찬가지였지요. 아내는 아마도 나에 대해 항상 떳떳하다고 생각했을 겁니다. 하지만 나도 그녀에 대해 항상 완벽했다고 자부했습니다.

우리는 둘이 있을 때는 언제나 침묵했습니다. 우리가 나누는 대화라야 기껏 이런 정도였어요. '몇 시야? 잠잘 시간이네. 자, 뭘 먹지? 어디 갈까? 신문에 뭐라고 쓰여 있어요? 의사를 불러야겠어요. 마샤가 목이 아파요' 같은 최소한의 것이었죠. 그러나 감정이 격해지는 데는 이런 종류의 대화를 나누는 것으로 충분했습니다. 커피, 식탁보, 마차, 카드게임 중 패를 내놓는 것 등등 때문에 충돌이 생기고 증오의 표현들이 난무했습니다. 한마디로 지극히 사소한 이유들이었습니다.

적어도 나의 내부에서는 아내에 대해 섬뜩할 정도의 증오심이 끓어오르고 있었습니다. 차를 따르거나, 한쪽 다리를 건들거리거나, 숟가락을 입으로 가져가는 아내의 모습에서 또는 소리를 내며 걷거나 마실 것을 들이켜는 아내에게서 나는 극도의 혐오감을 느끼곤 했습니다.

나는 우리가 사랑이라고 불렀던 시기에 나의 내부에서 악한 감정이 지극히 규칙적으로 똑같이 일어났다는 사실을 모르고 있었습니다. 사랑의 시기는 증오의 시기였고 사랑이 강렬했을 때는 악한 감정이 오랫동안 지속되었습니다. 사랑이 약해지면 악한 감정도 얼마 못 가 수그러들었습니다. 사랑과 미움은 둘 다 지극히 동물적인 감정이고 그 종착역만이 다릅니다. 이걸 당시에 우리는 이해하지 못했습니다.

우리가 처한 상황이 어떠한 것이었는지 깨달았다면 그렇게 산다는 게 정말 끔찍하다는 것도 깨달았을 겁니다. 그러나 우리는 깨닫지도 직시하지도 못했습니다. 바로 이게 구원이자 형벌이었습니다.

사람은 자기가 처한 처참한 상황을 직시하지 않으려고 자신의 눈을 멀게 하기도 합니다. 바로 우리가 그랬습니다. 아내는 항상 바쁘고 힘든 가사노동, 가구, 자기와 아이들의 옷, 애들의 교육과 건강에 전념함으로써 고민을 잊으려고 했습니다. 나는 나대로 일, 취미, 카드 도박에 미쳤습니다.

우리는 항상 바빴습니다. 우리는 바쁘면 바쁠수록 서로를 미워한다고 느꼈습니다. '얼굴이나 찌푸리고 좋으시겠어. 다음 날은 회의가 있는 날인데 밤새 난리를 피워 날 괴롭히고'라고 내가 생각하면 아내는 한술 더 떠 생각에 그치지 않고 입 밖에 냈습니다.

'당신은 좋겠어요. 나는 아이랑 밤새 한잠도 못 잤어요.'

우리는 우리가 처한 상황을 외면한 채 항상 그렇게 안개 속에서 살았습니다. 그리고 만일 그 일이 일어나지 않았더라면 나는 늙어서 특별히 멋있게 살지는 못했지만 그렇다고 해서 다른 사람들처럼 딱히 잘못된 삶을 살지도 않았다고 생각하며 죽었을 것입니다. 물론 끝없는 불행이나 내가 빠져나오려고 몸부림치던 추악한 거짓의 세계도 깨닫지 못했을 겁니다.

우리는 하나의 쇠사슬에 묶여 서로 상대방을 미워하고 서로 상대방의 삶에 독을 쏟아부으면서도 이를 외면하려고 애쓰는 죄수나 마찬가지였습니다. 부부들 중 99퍼센트가 나처럼 지옥 같은 삶을 살고 있었지만 별다른 수가 없었다는 것을 당시에는 몰랐었습니다. 다른 사람들은 물론 나 자신에 대해서도 그런 생각을 못한 겁니다.

올바른 인생이건 그릇된 인생이건 우연의 일치라는 게 있지요, 허 참! 부부가 함께 살다가 서로 상대가 지겨워지면 아이들 교육을 위해서는 도회지 환경이 꼭 필요하다고 생각하게 되는 경우가 있거든요. 그러면 도시로 이사할 필요성이 생기는 거지요. 우리가 그랬습니다."

그는 말을 멈추고 나서 특유의 소리를 두어 차례 냈는데 이제는 억지로 참는 울음과 대단히 비슷하게 들렸다. 역에 가까워지고 있었다.

"몇 시입니까?"

그가 물었다.

시계를 보니 2시였다.

"피곤하지 않으십니까?"

그가 물었다.

"전 괜찮습니다. 피곤하시지요?"

"후덥지근하네요. 좀 지나가겠습니다. 물 좀 마시고 올게요."

그는 비틀거리며 객차를 빠져나갔다. 나는 홀로 앉아 그가 한 말을 곰곰이 되새기느라 그가 다른 문을 통해 돌아온 것도 몰랐다.

18

"그렇습니다. 나는 항상 뭔가에 몰두하는 버릇이 있어요."

그가 다시 입을 열었다.

"곰곰이 많은 걸 생각해보았습니다. 많은 게 새로이 보이더군 요. 그걸 얘기할까 합니다. 우리는 그래서 도시에서 살기 시작했 지요.

불행한 사람이 살기에는 도시가 낫습니다. 도시에서는 이웃 사 람이 사망한 지 오래되어서 부패해도 아무도 모르는 경우가 많습 니다. 저마다 공무, 대인관계, 건강, 예술, 아이들 교육에 신경을 쓰느라 자기 자신을 돌아볼 시간이 없고 항상 바쁘지요. 가끔 이 런저런 사람들을 맞이해야 하고 이런저런 사람을 방문해야 합니다. 또 이런저런 것을 보고 들어야만 합니다.

사실 도시에는 어떤 상황에서든 결코 빠뜨려서는 안 될 두세 명의 저명인사가 있기 마련이지요. 자기 자신도 돌보기 바쁜 마당에 선생, 가정교사, 여자 가정교사 등 이런저런 사람에게까지 신경을 써야 하니 쉽지가 않습니다. 그러니 생활 자체가 공허해질 수밖에요. 우리 부부는 그렇게 살아가면서 같이 사는 데서 오는 고통을 덜 느꼈습니다.

이사해서 처음에는 새로운 도시, 새집에 적응해야 하는 등 일들이 많았습니다. 도시에서 시골로 이사하거나 시골에서 도시로 이사하는 것은 보통 일이 아니었지요.

겨울을 한 번 나고 나서 이듬해 겨울에는 아무도 눈치채지 못한 사건이 일어났습니다. 아내의 건강이 나빠지자 빌어먹을 의사 녀석들은 아내에게 임신을 금지하고 그에 필요한 방법까지 일러주었던 것입니다. 나는 극도의 혐오감을 느낀 나머지 그 조치에 맞서 싸웠습니다만 아내는 고집을 꺾지 않았습니다. 결국 내가 지고 말았죠. 더러운 삶을 정당화해주던 최후의 보루인 아이마저 낳을 수 없게 되자 내 인생은 더욱 추해지고 말았습니다.

먹여 살리기 힘들어도 아이는 농부건 노동자건 필요합니다. 그럼으로써 그들의 삶은 당위성을 갖게 되는 것입니다. 이미 아이가 있는 우리 같은 사람들에게 더 이상의 아이는 필요하지 않지요. 쓸데없이 신경을 쓰고 불필요하게 돈을 지출해야 하니까요. 짐이지요, 뭐.

그러나 더러운 삶에 대한 핑계인 아이마저 우리는 가질 수 없게 된 것입니다. 임신을 피하든가 아니면 애들을 불행, 부주의의 소산으로 여기는 수밖에 없었는데 그건 더 추악했습니다.

우리 부부는 도덕적으로 너무도 타락한 나머지 그런 일에 대해 정당화시킬 필요성조차 느끼지 못하고 있었습니다. 오늘날 교육받은 계층의 사람들 중 대부분은 눈곱만큼의 양심의 가책도 느끼지 못하고 그처럼 타락한 생활을 하고 있습니다.

하긴 가책을 느낄 이유가 없지요. 양심이라고는, 그런 표현이 있는지 모르겠습니다만, 여론의 양심이나 형법의 양심을 제외하고는 아예 없으니까요. '사회에 대해 부끄러워할 필요는 없다. 남들도 다 그렇게 하니까. 마리야 파블로브나 부인, 이반 자하르이치 선생을 봐.' 이런 류의 사고방식이 팽배해 있지요.

거지들을 분리시켜 수용하거나 사회생활을 할 수 있는 여지를 배제한다고 해서 문제될 것이 있겠어요? 법 앞에서 수치스러워하거나 형법을 무서워하지도 않습니다. 그러니 막돼먹은 계집애들이나 군인의 아내들이 갓 낳은 신생아들을 연못과 우물에 던져 넣는 일이 발생하는 것입니다. 그런 일들이 때를 기가 막히게 맞추어 감쪽같이 벌어지니 문제지요. 그런 것들은 감옥에 처넣어야 합니다.

　우리 부부는 그렇게 이 년을 더 살았습니다. 그동안 의사라는 빌어먹을 작자들의 권유는 효력을 발휘하기 시작하는 것 같았습니다. 아내는 살이 붙어 마치 화사한 봄날처럼[15] 예뻐졌습니다. 아내도 그걸 느끼고 있었고 그러한 자신을 가꾸느라 여념이 없었습니다. 그녀의 내부에서는 사람들을 혼란시키는 묘한 아름다움이 피어났습니다.

　아내는 애를 낳지 않고 살이 도톰히 올라 초조해진 삼십 대 여성 그 자체였습니다. 따라서 그런 그녀의 모습은 불안감을 불러일으키기에 충분했습니다. 그녀가 지나가기만 해도 뭇 남자들의 시선이 그녀를 향했습니다. 아내는 성미가 급하고 살이 찐 말을 마차에 매었다가 굴레를 벗긴 거나 같았습니다. 그러나 여자들 중 99퍼센트가 그렇듯이 아내를 구속하는 굴레는 없었습니다. 나도 이 점을 느끼고 있었기 때문에 겁이 났습니다."

---

15 원문은 '지나가는 여름날처럼'.

108

19

그는 갑자기 벌떡 자리에서 일어나더니 창가에 바싹 다가가 앉았다.

"죄송합니다."

그는 이렇게 말하고 나서 말없이 차창 밖을 바라보면서 삼 분 정도 그렇게 앉아 있었다. 그러다가 한숨을 내쉬더니 다시 나의 맞은편에 와 앉았다. 그의 얼굴은 완전히 달라져 있었다. 눈에는 생기가 가셨으며 묘한 웃음이 입가에 맴돌고 있었다.

"좀 피곤하긴 하지만 얘기를 계속하겠습니다. 아직 시간이 많습니다. 새벽도 안 되었는데요, 뭐."

그는 담배를 피워 물고는 다시 이야기를 시작했다.

"아내는 출산을 더 이상 하지 않게 되자 몸이 불기 시작했습니다. 더불어 아이로 인한 고통도 사라졌습니다. 아내는 마치 술에서 깨어난 사람처럼 자기가 잊고 있었던 쾌락으로 충만한 세계를 기억해내고 직시하기 시작했습니다. 그녀는 자기가 도저히 이해하지 못했던 그 세계에 몸담고 사는 방법을 모르면서도 그 세계를 갈망했습니다. '놓칠 수 없지! 시간은 한 번 가면 돌아오지 않는 법이야!' 적어도 아내는 그렇게 생각하고 느꼈던 것 같습니다.

달리 생각하고 느낄 여지가 없었습니다. 아내는 세상에서 관심을 가질 가치가 있는 것은 오로지 사랑밖에 없다고 교육받았습니다. 아내는 결혼하여 이 사랑으로부터 무엇인가를 받았지만, 그것은 실망과 고통뿐이었습니다. 그리고 전혀 예기치 못했던 아이라는 고통이 얹혀졌습니다.

아내는 이 고통에 몹시 시달렸습니다. 그러다가 아내는 친절한 의사들 덕분에 더 이상 아이를 갖지 않아도 된다는 것을 깨달았습니다. 아내는 기뻐하며 이를 시험해보고 나서 자기가 알고 있던 유일한 것, 바로 사랑을 위한 원기를 다시 되찾았습니다.

그러나 질투와 온갖 나쁜 감정으로 얼룩진 남편과의 사랑은 이미 그녀가 상상하던 그러한 사랑이 아니었습니다. 아내는 뭔가 다른 순수하고 새로운 사랑을 꿈꾸기 시작했습니다. 적어도 내게는 그렇게 비쳤습니다. 아내는 뭔가를 기대하듯 주위를 둘러

보기 시작했습니다. 그런 아내를 보는 내 마음은 편할 수가 없었습니다.

아내는 늘 그랬듯이 다른 사람들, 즉 타인을 통해 나와 얘기를 하되 나더러 들으라고 노골적인 표현을 서슴지 않았습니다. 그런 일이 가까이서 끊이지 않고 일어나기 시작했습니다. 자기가 한 시간 전에 했던 말을 뒤집지를 않나, 모성애는 사기라고 농담하듯 말하지를 않나, 젊고 인생을 즐길 수 있는데도 자신의 인생을 아이들에게 바치는 것은 무의미하다고 하지를 않나, 참으로 겁없이 떠들어댔습니다.

아내는 아이들에게 신경을 덜 썼고 예전과는 달리 걱정도 덜했습니다. 대신 자기 자신과 자신의 외모, 드러내놓고 내색하지 않았지만 자신의 쾌락, 드디어는 자기 완성에 점차 더 관심을 기울이기 시작했습니다.

아내는 예전에 그만두었던 피아노에 다시 빠져들었습니다. 모든 건 이로부터 시작되었습니다."

그는 피로에 지친 멍한 눈으로 차창 쪽을 바라보더니 다시 힘을 내어 얘기를 계속했다.

"네, 바로 그때 그 사내가 나타났습니다."

그는 입을 우물거리며 코로 두어 번 특유의 소리를 냈다.

그가 그 사내에 대해 회상하고 얘기한다는 것이 얼마나 고통스러운지 눈에 보였다. 그러나 그는 마치 장애물을 극복하듯 힘주어 단호한 어조로 얘기를 이어나갔다.

"내가 보기에 그 사내는 형편없는 친구였습니다. 그가 내 인생에서 어떤 의미를 지녔기 때문이 아니라 실제로 그런 작자였기 때문입니다. 그가 나쁜 사람이었다는 것은 아내가 얼마나 무책임한 여자였는가를 보여주는 증거에 불과할 따름입니다. 그가 아니라 다른 사내였더라도 결과는 마찬가지였을 겁니다."

그는 여기서 다시 숨을 멈추었다.

"그 사내는 음악가였습니다. 바이올린을 켰지요. 프로는 아니었고 세미프로쯤 되었습니다. 반은 공인의 의미를 지닌 사람이었지요.

그 사내의 부친은 내 아버지의 이웃에 살던 지주였습니다. 그 사내의 아버지가 파산하자 세 아들 모두 새 보금자리를 찾았습니다. 막내아들만이 파리에 사는 대모에게 보내졌습니다. 음악에 재능을 보이자 그는 음악원으로 보내졌고 음악원을 졸업할 때는 바이올리니스트가 되어 있었습니다. 그는 이후 음악회에서 연주 활동을 했지요. 그 친구는 사람이……."

그는 사내에 대해 뭔가 나쁜 말을 하려고 하다 마음을 가다듬고 빠른 속도로 말했다.

"그 친구가 그곳에서 어떻게 살았는지는 모르겠습니다. 내가 아는 건 그가 작년에 러시아에 와서 우리 집에 나타났다는 사실 뿐입니다.

그 친구는 아몬드 모양의 촉촉한 눈, 미소를 머금은 붉은 입술, 포마드를 바른 콧수염, 최신 유행의 머리, 속된 맛이 있지만 잘생긴 얼굴을 가진 사람으로 여자들이 미남자라 부르는 타입이었지요. 체격은 약했지만 볼품없는 정도는 아니었습니다. 엉덩이가 좀 특이했습니다. 호텐토트족[16]이나 여자들처럼 잘 발달된 엉덩이였지요. 호텐토트족들도 음악에 재능이 있다더군요.

그 친구는 어느 정도 친근하게 구는 재주는 갖고 있었지만 신경이 예민해서 상대가 조금만 다른 반응을 보여도 금세 움츠러들곤 했습니다. 외양에 신경을 써서 단추가 달린 파리제 구두와 강렬한 색상의 파리제 넥타이 등을 은근히 과시했습니다. 그런 것은 남자들이 파리에 갔을 때 곧잘 배워오는 것으로, 특이하고 새로웠기 때문에 여자들을 사로잡았습니다.

그에게는 세련된 매너에서 비롯된 외적인 쾌활함이 있었습니다. 마치 다 알고 있고 기억하기 때문에 직접 보충 설명할 수 있다는 듯이 암시하거나 변죽만 건드리는 그런 대화술 말입니다.

사건의 원인은 바로 그 친구와 그 친구의 음악에서 찾을 수 있습니다. 그러나 법정에서는 질투심을 원인으로 꼽았습니다. 천부

---

16 아프리카 흑인 중 한 종족.

당만부당한 얘기입니다. 법정에서는 내가 바람피운 아내를 둔 남편으로서 자기들이 말하는 이른바 상처받은 명예를 지키고자 살인을 저질렀다고 결론을 내리더군요. 그래서 내게 무죄를 선고했습니다.

나는 법정에서 사건의 진실을 설명하려고 애썼습니다. 그러나 그들은 내가 아내의 명예를 회복하고 싶어서 그러는 줄로 알더군요.

아내와 그 음악가와의 관계는 그것이 어떤 성질의 것이었든 나나 아내에게 아무런 의미가 없습니다. 중요한 것은 나의 비열함입니다.

모든 일은 우리 부부 사이에 내가 선생에게 말씀드린 끔찍한 구렁텅이가 존재했다는 데서 비롯되었습니다. 서로에 대한 증오에서 비롯되는 몸서리쳐지는 긴장, 바로 이것이 조그만 구실만 있어도 곧장 위기로 치닫게 하곤 했으니까요. 우리가 벌이는 언쟁은 마지막에는 점차 무서운 양상을 띠었고 팽팽한 동물적 열정과 번갈아 들면서 섬뜩해졌습니다.

만일 그 친구가 나타나지 않았더라면 다른 사람이 나타났을 겁니다. 또 질투가 구실이 아니라면 다른 게 구실이 되었겠죠.

나는 나처럼 살아가고 있는 모든 남편들은 방탕한 생활을 하든가 아니면 이혼을 하든가 아니면 자살을 하든가 그것도 아니면

114

나처럼 아내를 죽여야 한다고 생각합니다. 만일 그런 일이 일어나지 않으면 그건 지극히 예외적인 일입니다. 나만 하더라도 끝장을 내기 전에 수차에 걸쳐 자살하려고 맘먹었고 아내는 아내대로 독약을 먹었으니까요."

20

"네, 그랬었습니다. 일이 벌어지기 불과 얼마 전이었지요.

우리 부부는 마치 휴전이라도 한 듯 평화롭게 살아가고 있었고 이를 방해하는 요소는 아무것도 없었습니다.

그러던 어느 날 내가 무심코 어떤 집 개가 전시회에서 메달을 받았다고 하자 아내는 메달이 아니라 찬사만 받았다고 되받더군요. 그렇게 해서 말다툼이 시작되었습니다. 주제는 걷잡을 수 없이 바뀌었고 비난이 이어졌습니다. 이를테면 '또 시작이시네. 당신은 항상 그래요. ……라고 했잖아요', '천만에, 그런 말 한적 없어', '그럼 내가 거짓말하고 있겠군요', 뭐 이런 식이었습니다.

이렇게 말다툼이 시작되면 정말이지 그녀를 죽이고 나도 죽고 싶어집니다. 그런 일이 갑자기 시작되는 게 두려워서 자제하려 했지만 속에서는 부아가 치밀어 올랐습니다. 그건 아내도 마찬가지였습니다. 오히려 더 심했습니다. 그래서 내 말을 모두 거짓말이라며 일부러 곡해했습니다.

아내의 말에는 독기가 서려 있었고 아내는 용케도 내 아픈 곳을 잘도 찔러댔습니다. '그래 잘한다. 더 해, 더 해보라고.' 그렇게 견디다가 더 이상 참지 못하면 나는 한마디 했습니다. '입 닥쳐!' 라고 하거나 이와 비슷하게 고함을 질렀죠. 그러면 아내는 방을 뛰쳐나가 아이들 방으로 달려갔고 나는 얘기를 마저 하고 또 내 말을 증명하려고 아내의 손목을 붙잡았습니다.

아내는 짐짓 아픈 척 소리를 질러댔습니다. '얘들아, 너희 아버지가 날 죽인다!'고요. 그래서 내가 거짓말하지 말라고 하면 아내는 '이러는 게 처음이 아니야!' 따위의 말을 내뱉으며 앙탈을 부렸습니다.

아이들은 제 어머니에게 달려갔습니다. 아내는 아이들을 달랬습니다. '엄살 떨지 마!' 라고 내가 내뱉자 아내가 그러더군요. '당신 눈에는 모든 게 엄살로 보이겠지요. 당신은 사람을 죽여놓고도 엄살 떨어서 죽었다고 할 사람이에요. 이제야 당신이라는 사람을 알겠어요. 당신이 원한 대로!' 라고 말입니다. 그래 내가 고함을 질렀지요. '차라리 죽어버려!' 라고요.

지금 생각하면 그 끔찍한 말에 나 자신도 놀랐던 것 같습니다. 나는 내가 그렇게 거칠고 무자비한 말을 할 수 있으리라고는 전혀 예상치 못했습니다. 그래서 깜짝 놀라 황급히 서재로 가서 담배를 피웠습니다.

아내가 나갈 채비를 하는 소리가 들리더군요. 어디 가는 거냐고 물었지만 아내는 대답을 하지 않았습니다. 나는 '갈 테면 가라지, 뭐'라고 중얼대며 서재로 다시 돌아와 소파에 누워 줄담배를 피웠습니다. 어떻게 하면 아내에게 복수할 수 있을까, 어떻게 하면 아내를 떨쳐버릴 수 있을까, 어떻게 하면 아무 일도 없었던 것처럼 모든 걸 수습할 수 있을까 등의 무수한 생각을 하면서 말입니다.

그녀를 떠나 어디로 숨어버리거나 미국으로 달아날 생각도 해보았습니다. 아내를 버리고 새로 멋진 여자를 사귄다면 얼마나 좋을까라는 생각까지 했습니다. 아내가 죽거나 이혼하면 되는데 방법이 문제라는 생각이 들었습니다. 머릿속이 지극히 복잡했습니다. 그래서 연신 담배만 피워댔습니다.

그런데도 집안은 정상적으로 돌아가고 있었습니다. 여자 가정교사가 와서 아내가 어디 있는지 물었고 여느 때처럼 집사는 차를 마시겠느냐고 물었습니다. 식당에 가보니 애들이 먼저 와서 앉아 있었습니다. 사태를 파악하고 있는 큰딸 리자를 포함해서 모두 불안하고 미심쩍은 얼굴로 나를 쳐다보더군요. 우리는 말없이 차를 마셨습니다.

밤이 깊어도 아내가 돌아오지 않자 내 마음속에서는 두 가지 감정이 교차했습니다. 하나는, 자기가 없으면 나와 애들이 고통스러워할 것을 뻔히 알고도 돌아오지 않고 있는 데 대한 원망이었고 다른 하나는, 아내가 무슨 일을 저지를지도 모른다는 두려움이었습니다.

아내를 쫓아갔어야 하는 건데……. 하지만 그 밤에 무슨 수로 찾겠습니까? 처형집이요? 처형집에 가는 것이야말로 바보짓이라는 생각이 들었습니다. 될 대로 되라지 뭐, 그런 심정이었습니다. '남에게 고통을 줄 생각이라면 자기도 고통을 받아야지. 그래 그 사람은 이걸 바라는 거야. 그러면 다음번에는 더 힘들어질걸. 그런데 만일 처형집에 안 가고 뭔가 일을 저지르고 있으면, 아니 이미 저질렀으면 어떡한다?'

그런 생각을 하는 사이에 11시, 12시가 되었습니다. 나는 잠자리에 들지 않았습니다. 혼자 누워서 기다린다는 게 어리석은 짓 같아서였습니다. 편지를 쓴다든가 독서를 한다든가, 뭔가에 몰두하고 싶었습니다. 그러나 아무 일도 손에 잡히지 않았습니다. 혼자 서재에 앉아 신경을 곤두세우고 있노라니 괴롭고 심사가 뒤틀렸습니다. 3시가 지나고 4시가 되어도 아내는 돌아오지 않았습니다.

아침 무렵이 되어서야 나는 잠이 들었습니다. 아내는 여전히 돌아오지 않은 채로요.

집안일은 평소와 다름없이 돌아가고 있었습니다. 그러나 식구들은 이 모든 게 나 때문에 일어났다고 생각하고 나에게 의심과 원망이 섞인 눈길을 보냈습니다. 그때 나의 내부에서는 두 가지 감정이 줄곧 싸우고 있었습니다. 바로 아내가 나를 괴롭힌다는 데서 비롯된 증오와 아내에 대한 걱정이었습니다.

11시경에 아내가 보낸 특사 자격으로 처형이 우리 집에 왔습니다. 익숙한 광경이 되풀이되었습니다. '애 상태가 말이 아니야. 그게 무슨 짓인가!' '아무 일도 아닙니다.' 나는 아내의 성격에 문제가 있다는 점을 얘기했고 아무 짓도 안 했다고 거듭 강조했지요.

'어쨌든 그냥 넘어갈 일이 아니네'라고 처형이 말했고 나는 '그 여자 문제이지 내 문제가 아닙니다. 내가 먼저 손을 내밀지는 않을 겁니다. 헤어져야 할 것 같으면 헤어지는 거죠'라고 맞받았습니다.

처형은 아무런 소득 없이 돌아갔습니다. 처형에게는 내가 먼저 손을 내미는 일은 없을 거라고 당당히 말했지만 겁에 질린 가엾은 아이들을 보는 순간 내가 먼저 화해를 청하기로 마음먹었습니다. 그러나 방법이 떠오르지 않았습니다.

서성이며 줄담배를 피우기도 하고 아침식사 때는 보드카와 와인을 마시면서 고민했습니다. 드디어 나는 무의식적으로 원하던 것을 찾아냈습니다. 그러나 내 처지가 어처구니없고 비겁하다는 것은 몰랐습니다.

아내는 오후 3시쯤 귀가했습니다. 아내는 나를 보고 아무 말도 하지 않았습니다. 나는 아내가 화를 가라앉혔다고 생각하고 내가 화를 낸 것은 그녀가 나를 원망했기 때문이라고 얘기하기 시작했습니다. 그러자 아내는 예의 딱딱하고 지극히 괴로운 표정을 지으며 자기가 돌아온 것은 얘기를 하기 위해서가 아니라 아이들을 데리고 가기 위해서라며 더 이상 같이 살 수 없노라고 말했습니다.

나는 잘못은 내게 있는 게 아니라 나를 자극한 당신에게 있다고 말했습니다. 그랬더니 아내는 차갑고 엄숙한 표정으로 나를 바라보더니만 '더 이상 말할 필요 없어요. 당신은 후회하게 될 거예요'라고 하더군요.

내가 이런 코미디는 더 이상 못 견디겠다고 하자 아내가 뭐라고 소리를 질렀는데 알아들을 수가 없었습니다. 아내는 자기 방으로 들어가버렸습니다. 뒤이어 방문을 잠그는 소리가 들리더군요. 문을 두드려도 반응이 없어서 나는 화를 내며 돌아섰습니다.

삼십 분쯤 지났을까. 리자가 울면서 내게 달려왔습니다. 내가 '왜 그러니? 무슨 일이야?'라고 묻자 리자는 '엄마 방이 너무 조용해요'라고 하는 겁니다.

그래서 함께 갔죠. 나는 문의 손잡이를 힘껏 잡아당겼습니다. 빗장이 엉성히 질러져 있었기 때문에 문은 활짝 열렸습니다. 나는 침대로 다가갔습니다. 아내는 스커트를 입고 목이 긴 부츠를 신은 채 의식을 잃고 누워 있었습니다. 모르핀을 담았던 작은 유리병이 빈 채로 탁자 위에 있었습니다. 그제야 우리는 제정신이 들었습니다.

우리는 실컷 울고 나서 화해를 했습니다. 그러나 그것은 진정한 화해가 아니었습니다. 우리 마음속 깊은 곳에는 서로에 대한 이전의 오랜 증오가 여전히 자리 잡고 있었고 오히려 다툰 데 대한 책임을 서로에게 전가함으로써 생긴 아픔이 추가되었습니다. 그렇지만 어떤 식으로든 일을 마무리해야만 했습니다.

우리는 다시 이전으로 돌아갔습니다. 그런 종류의 싸움 아니 그보다 더한 싸움이 이후에도 일주일에 한 번, 한 달에 한 번, 때로는 매일같이 벌어졌습니다.

이틀을 쉬지 않고 싸우던 어느 날 나는 여권을 집어 들었습니다. 그러나 마음에도 없는 얘기를 나누고 건성으로 또 화해를 하다 보니 그만 주저앉게 되었습니다.”

21

"우리 부부 사이가 그 모양일 즈음 그 사내가 나타났습니다. 트루하체프스키라는 성을 가진 친구였는데 모스크바에 도착해 어느 날 아침에 나를 찾아왔습니다.

처음부터 나는 도무지 그가 마음에 들지 않았습니다. 그러나 별 희한한 일도 다 있습디다. 이상한 숙명적인 힘이 그를 떨쳐버리거나 멀리하도록 놔두지 않고 오히려 반대로 그를 가까이하도록 하는 거예요.

세상에! 그에게 냉랭하게 대하고 아내와 인사시키지도 않은 채 그를 보내는 것보다 더 쉬운 일은 없었을 겁니다. 그런데 내 행동은 그게 아니었습니다. 일부러라도 그렇게는 못 할 겁니다. 나는 그의 연주 솜씨를 언급하다가 바이올린을 그만두었다는 얘기를 들었노라고 말했습니다. 그는 정반대라며 예전보다 더 많이 연주하노라고 말했습니다. 그러면서 내가 예전에 연주한 걸 기억한다고 했습니다. 나는 더 이상 연주를 하지 않지만 아내는 솜씨가 훌륭하다고 말했습니다.

기막힌 일이지요! 그를 대면한 첫날, 첫 시간에 그에 대한 나의 태도는 나중에 일이 벌어지고 난 후에야 갖게 된 그런 태도와 같았습니다. 그에 대한 나의 태도에는 뭔가 긴장 같은 것이 담겨 있었습니다. 나는 그와 내가 하는 말 하나하나에 큰 의미를 부여했습니다.

나는 그를 아내에게 소개시켰습니다. 화제는 곧장 음악에 이르렀고 그는 아내와 함께 연주해보고 싶다고 했습니다. 아내는 항상 그랬지만 특히 그 무렵 매우 우아하고 고혹적인 아름다움을 지니고 있었습니다.

아내는 그에게 첫눈에 반했던 것 같습니다. 아내는 바이올리니스트와 합주를 한다는 생각에 마음이 들떴습니다. 그도 그럴 것이 아내는 합주를 무척 좋아해서 바이올리니스트를 극장에서 불러오곤 했었으니까요. 그러니 아내의 얼굴이 환해진 것도 무리가 아니지요. 그러나 아내는 나를 보더니만 즉시 내 기분을 눈치채고는 표정을 바꾸었습니다. 다시 서로 속이는 연극이 시작된 거지요. 나는 기분이 썩 좋은 듯 느긋한 미소를 지었습니다.

그 친구는 바람둥이들이 예쁜 여자들을 바라볼 때처럼 아내를 쳐다보면서도 짐짓 자기의 관심은 음악뿐이라는 표정을 지었습니다. 아내는 아내대로 태연을 가장하고자 애를 쓰고 있었습니다. 그러나 그녀가 익히 알고 있는 질투하는 나의 거짓 미소와 그 친구의 야릇한 눈길이 그녀를 흥분시키고 있는 게 역력했습니다.

나는 아내가 그를 처음 보았을 때 눈빛이 예사롭지 않다는 걸 눈치챘습니다. 그리고 질투 때문인지는 모르겠습니다만 두 사람 사이에 똑같은 표정과 시선, 미소를 불러일으키는 전류 같은 것이 흐른다는 걸 알았습니다. 아내가 얼굴을 붉히면 그도 얼굴을 붉혔고 아내가 미소를 지으면 그도 미소를 지었습니다. 그들은 음악, 파리 그리고 별의별 사소한 것까지 이야기에 끌어들였습니다.

마침내 돌아가려고 그가 자리에서 일어났습니다. 그는 파르르 떨리는 넓적다리에 모자를 대고 서서 미소를 지으며 마치 우리가 뭘 할 것인지 궁금한 사람처럼 우리 부부를 번갈아가며 쳐다보았습니다.

나는 그 순간을 기억하고 있습니다. 왜냐하면 그 순간 내가 그를 초대하지 않을 수도 있었기 때문입니다. 그랬으면 아무 일도 없었을 겁니다. 나는 그를 힐끗 쳐다보고 아내를 힐끗 쳐다보았습니다. 나는 아내에게 속으로 말했지요. '내가 질투한다고 생각하지 마.' 그에게도 역시 속으로 말했습니다. '내가 널 무서워한다고 생각하지 마.'

나는 그에게 불쑥 저녁에 바이올린을 가지고 와서 아내와 연주해보라고 했습니다. 아내는 놀라서 나를 한 번 쳐다보더니 얼굴을 붉히며 마치 정말 놀라기라도 한 양 자신의 실력이 부족해서 안 된다고 말했습니다. 그녀의 반대는 내 화를 더 돋구었습니다. 나는 고집을 부렸습니다.

그가 우리 집에서 새처럼 경쾌한 걸음걸이로 걸어 나갈 때 그의 목덜미, 한가운데 가르마를 타서 빗은 검은 머리와 구분되던 하얀 목을 바라보며 나는 묘한 느낌을 받았습니다. 이 사내의 존재가 내게 고통 그 자체라는 점을 인정할 수 없었습니다. 오히려 '그를 두 번 다시 못 보게 하는 것은 누워서 떡 먹기'라고 생각했습니다. 그러나 그렇게 하는 것은 그에 대한 두려움을 시인하는 걸 의미했습니다.

'아니야, 나는 그를 두려워하지 않아! 그건 너무나 치욕적이야'라고 나는 속으로 외쳤습니다. 나는 아내가 현관에서 내 말을 듣고 있다는 걸 의식하며 그에게 당장 오늘 저녁에 바이올린을 가지고 와달라고 강력히 요청했습니다. 그는 그러겠노라고 약속한 후 돌아갔습니다.

저녁에 그는 바이올린을 들고 와서 아내와 함께 연주를 시작했습니다. 연주는 매끄럽지 못했습니다. 필요한 악보가 없었고 준비된 악보는 아내가 연습하지 않은 것이었기 때문입니다. 나는 음악을 무척 좋아했었기 때문에 그들의 합주에 매료되었습니다. 나는 악보대를 마련해주며 손수 악보의 페이지를 한 장 한 장 넘겨주기까지 했습니다.

그들은 모차르트의 소나타를 연주했습니다. 그의 연주 솜씨는 대단히 훌륭했고 이른바 정교한 색깔을 가지고 있었습니다. 그의 성격에는 전혀 어울리지 않는 세련되고 고상한 취향이 스며 있었습니다.

물론 그는 아내보다 실력이 월등히 뛰어났습니다. 그는 아내를 도와주면서 아내의 연주 솜씨를 정중하게 칭찬했습니다. 그의 행동에는 나무랄 것이 없었습니다. 아내는 오로지 음악에만 관심이 있는 것처럼 보였습니다. 자세가 지극히 안정되고 자연스러웠습니다. 나는 짐짓 재미있는 체했지만 저녁 내내 질투심을 주체하지 못했습니다.

그와 아내의 눈길이 마주쳤을 때부터 나는 그들 내부에 자리잡고 있는 짐승이 세상의 모든 상황과 여건을 의식하지 않고 '괜찮겠습니까?', '아 그럼요, 괜찮고말고요'라고 묻고 대답하는 걸 보았습니다. 나는 그가 내 아내, 모스크바의 한 숙녀에게서 그처럼 매혹적인 여성을 발견하리라 예상하지 못했기 때문에 더욱 흐뭇해하는 것을 보았습니다.

아내가 유혹에 동의했다는 데에는 의심의 여지가 없습니다. 그친구야 망설일 이유가 없었고요. 문제는 원수 같은 남편이 훼방을 놓을 게 뻔하다는 점이었습니다. 만일 내가 순수한 사람이었다면 그런 걸 이해하지 못했을 겁니다. 그러나 나는 결혼 전에 그런 경험을 했기 때문에 그의 속마음을 있는 그대로 꿰뚫어 보았습니다.

내 마음이 특히 아팠던 것은 아내가 나에게서는, 비록 이따금 의례적인 성욕에 잠시 해소되긴 했으나 지속적인 분노 이외에 다른 감정은 느끼지 못했다는 점입니다. 그걸 나는 그때에 확인했습니다.

그 친구는 외면의 우아함과 신선함, 출중한 음악적 재능과 합주를 통해 생겨난 친밀감, 특히 바이올린을 이용해 아내의 천진한 감수성을 자극했습니다. 그 결과 그는 아내의 마음을 사로잡았습니다. 그렇기 때문에 그는 아내를 정복해 맘대로 그녀를 농락할 수도 있었습니다.

그게 뻔히 보였기 때문에 나는 괴롭기 짝이 없었습니다. 그러나 그럼에도 아니 어쩌면 바로 그랬었기 때문에 그 어떤 힘이 나를 나의 의지와는 반대로 그를 각별히 정중하게 심지어 친절히 대하도록 만들었습니다. 그런 행동이 아내를 위해서였는지 그를 위해서였는지, 아니면 나 자신을 위해서였는지는 모르겠습니다.

그들에게 내가 그를 겁내지 않는다는 것을 보여주고 또 나 자신을 속이고 싶었는지도 모릅니다. 중요한 것은 나는 처음부터 그와의 관계에서 솔직할 수 없었다는 것입니다. 그를 당장 죽이고 싶은 욕망에 굴복하지 않으려면 다정히 대해야만 했습니다.

저녁을 먹으면서 나는 그에게 비싼 포도주를 가득 따라주었고 그의 연주를 침이 마르도록 칭찬했으며 각별히 친근한 미소를 지으며 대화 상대가 되어주었고 다음 주 일요일에 식사를 같이하며 다시 한 번 아내와 연주를 해달라고 부탁했습니다. 음악을 좋아하는 친구 몇을 초대해 그의 연주를 감상하겠노라는 말도 덧붙였습니다. 네, 그날 저녁은 그렇게 끝났습니다."

포즈드느이셰프는 흥분하여 자세를 바꾸고 특유의 목소리를 냈다.

"알 수 없는 일이에요. 그 친구가 어쩌면 그렇게 나를 뒤흔들어 놓았는지……."

그는 침착하려고 무던히도 애썼다.

"그 일이 있고 난 후 이틀이던가 사흘째 되던 날이었습니다. 전 시회에서 돌아와 현관을 들어서는 순간 갑자기 돌처럼 무거운 것이 심장을 짓누르는 것 같은 기분을 느꼈습니다. 그러나 왜 그런

지 알 수가 없었습니다. 현관을 통과하면서 나는 그 느낌이 뭔가를 연상시키는 것이라고 생각했습니다. 서재에 들어와서야 나는 내 기분을 짓누른 것의 정체를 깨달았고 이를 확인하기 위해 다시 현관으로 되돌아갔습니다.

과연 내 직감은 틀리지 않았습니다. 바로 그 친구의 외투가 걸려 있었습니다. 최신 유행하는 외투가 말입니다. 이유는 알 수 없지만 내 신경은 그 친구에 관한 것은 모두 조심스럽게 기억해두었던 것입니다. 왜 그 외투가 여기 걸려 있는지 스스로 물어보았지요. 그랬더니 그 친구가 지금 와 있다는 답이 나오더군요. 그래서 나는 현관이 아니라 공부방을 거쳐·응접실로 향했습니다. 큰딸 리자가 앉아서 책을 읽고 있었고 유모는 작은딸과 함께 책상에 앉아 어떤 뚜껑을 돌리고 있었습니다. 닫힌 응접실 문 사이로는 규칙적인 아르페지오[17]와 두 사람의 목소리가 흘러나왔습니다.

귀를 기울여보았지만 알아들을 수 없었습니다. 추측컨대 자기네 이야기가 안 들리도록 일부러 피아노를 치는 게 분명했습니다. 어쩌면 키스 소리를 감추려고 그랬는지도 모르겠습니다. 세상에 이럴 수가! 속에서 뭔가 치밀어 올랐습니다. 나는 그때 나의 내부에서 꿈틀거리던 짐승에 사로잡혔습니다. 그러자 두려움

---

17 화음을 이루는 음을 재빠르게 연속적으로 연주하는 기법.

이 사라졌습니다.

갑자기 가슴이 답답해지고 심장이 멈추는 듯하다가 망치로 한 대 얻어맞은 기분이 들었습니다. 그리고 기분이 엉망이면 항상 그랬듯이 나 자신이 처량해졌습니다. '아이들이 있는데, 유모도 있는데! 이럴 수가!' 나는 그렇게 생각했습니다. 그런 내 모습이 무서웠던지 리자가 나를 이상한 눈으로 바라보았습니다.

나는 자신에게 물었습니다. '어떡한다? 들어가봐? 안 돼. 무슨 짓을 하게 될지 겁나.' 그러나 그렇다고 해서 달아날 수도 없는 노릇이었습니다. 유모는 마치 내 처지를 이해한다는 듯한 눈길을 내게 보내고 있었습니다. 나는 '그래, 안 들어갈 수는 없지'라고 자신에게 말하며 문을 확 열었습니다.

그는 피아노 앞에 앉아서 크고 하얀 손가락을 구부려 위아래로 움직이며 아르페지오로 피아노를 치고 있었습니다. 아내는 피아노의 한쪽 모서리에 서서 악보를 들여다보고 있었습니다. 아내가 먼저 나를 보았는지 아니면 소리를 들었는지 나를 힐끗 쳐다보았습니다. 놀랐는지 아니면 짐짓 놀란 체했는지 아니면 태연한 척했는지 모르겠습니다만 떨지도 동요하지도 않고 얼굴만 붉혔습니다. 그것도 나를 보고 나서 한참 후에야 말입니다.

'당신이 와서 정말 기뻐요. 우리는 일요일에 뭘 연주할지 결정하지 못했거든요'라고 아내는 말했는데 아내의 그런 부드러운 어조는 우리가 단둘이 있을 때는 결코 사용하지 않는 것이었습니다. 그런 데다 아내가 자기와 그를 한데 묶어 '우리'라고 칭하자 나는 감정이 격해졌습니다. 나는 말없이 그와 인사를 나누었습니다.

그는 악수를 하면서 비웃는 듯한 미소를 지었습니다. 그러면서 일요일에 연주할 악보를 가져왔는데 뭘 연주할지, 구체적으로 바이올린 반주를 곁들인 베토벤의 소나타와 같은 좀 어려운 클래식을 연주할지 아니면 소품을 연주할지 의견을 모으지 못했노라고 말했습니다. 그의 말에는 어색한 데가 전혀 없었고 평범했기 때문에 트집 잡을 게 없었습니다. 그러나 나는 그게 다 거짓이고 둘은 어떻게 하면 나를 속일 수 있을까에 대해 상의하고 있었다고 확신했습니다.

사회생활을 하면서 질투하는 이들에게 가장 고통스러운 것 중 하나는 지극히 위험함에도 접근이 허용되는, 세간에 잘 알려진 사교계의 환경입니다.

무도회에서 의사들이 자기의 여성 환자들에게 접근하는 것을 방해한다든가 예술, 그림이나 특히 음악에 대한 정열 때문에 가까워지려는데 훼방을 놓으면 그 사람은 세간의 웃음거리가 되고 마는 겁니다.

남녀가 단둘이 고상하기 이를 데 없는 예술인 음악에 정열을 쏟기 위해서는 알려진 바대로 서로를 잘 알 필요가 있고 이는 전혀 비난받을 만한 일이 못 되겠지요. 아직 어리석고 질투심에 눈먼 남편만이 여기에 뭔가 불순한 의도가 있다고 보는 거고요. 그러나 사람들은 이제 알고 있습니다. 바로 그런 방법, 특히 음악을 통해 우리 사회에서 간통이 성행하고 있다는 것을 말입니다.

아내와 그 친구는 내 얼굴에 나타난 곤혹스러움 때문에 당황했던 것 같습니다. 나는 한참 동안 할 말을 찾지 못했습니다. 나는 오기가 있어서 강요에 절대로 굴복하지 않습니다. 마음 같아서는 그 친구에게 욕설을 퍼붓고는 쫓아내고 싶었지만 친절하고 다정히 대해주어야 한다고 생각했습니다. 사실 그렇게 했고요.

나는 다 괜찮다는 표정을 지으며 다시금 예의 이상한 기분, 즉 그를 다정히 대하면 대할수록 더 괴로워지던 바로 그 기분을 느꼈습니다. 나는 그에게 그의 취향을 존중한다며 아내에게도 그의 취향에 따를 것을 권했습니다.

그는 내가 갑자기 놀란 얼굴로 방에 들어와서 침묵했을 때 받았을지도 모를 자신에 대한 나쁜 인상을 지우기 위해 필요한 만큼 더 있다가 이제 일요일에 뭘 연주할지 결심이 섰다는 듯한 표정을 지으며 떠났습니다. 나는 나대로 자기네들이 하고 있던 짓을 감안하면 뭘 연주할지 따위는 그네들에게 전혀 관심 밖의 일이라고 확신하고 있었습니다.

나는 그를 각별히 정중하게 현관까지 배웅했습니다. 그건 한 가정의 평온을 깨뜨리고 행복을 파괴할 목적으로 찾아온 사람을 배웅하는 방식과는 거리가 먼 것이었습니다.

　나는 유난히 다정하게 그의 하얗고 부드러운 손을 쥐며 작별인사를 나누었습니다."

22

"그날 나는 아내와 하루 종일 한마디도 하지 않았습니다. 아니 말이 나오지 않았습니다. 그녀가 가까이만 오면 형언할 수 없는 증오심이 솟구쳐 나 자신이 두려울 정도였습니다.

식사 때 아내는 아이들이 있는 자리에서 내게 언제 떠날 거냐고 물었습니다. 나는 다음 주에 회의 참석차 지방에 갈 예정이었습니다. 날짜를 얘기해주었더니 아내는 여행에 필요한 게 없느냐고 물었습니다. 나는 대꾸하지 않고 얼마간 말없이 식탁에 앉아 있다가 서재로 갔습니다.

그 당시 아내는 한 번도 내 방에 들르지 않았습니다. 나는 심사가 뒤틀린 채 서재에 누워 있었습니다. 그런데 갑자기 귀에 익은 발소리가 들려왔습니다. 그러자 아내가 우리야[18]의 아내처럼 자신이 저지른 죄를 은폐하려고 느닷없이 날 찾아오는 게 아닌가 하는 섬뜩하고 불길한 생각이 들었습니다. 나는 가까워지는 발소리에 귀를 기울이며 '정말 나한테 오는 걸까?' 하고 자문했습니다. 만일 나에게 오는 거라면 내 생각이 옳은 거라고 생각했습니다. 마음속에서 그녀에 대한 이루 말할 수 없는 미움이 고개를 들었습니다.

발소리는 점점 가까워지고 있었습니다. '그냥 지나쳐서 응접실로 가는 거 아냐?' 아니었습니다. 문이 삐걱 소리를 내더니 아내의 길다랗고 아름다운 모습이 나타났습니다.

아내는 숨기고 싶어 했지만 그녀의 얼굴과 눈에는 수줍음과 교태가 실려 있었습니다. 나는 그 교태가 뭘 뜻하는지 알고 있었습니다. 나는 오랫동안 숨을 멈추고 있었기 때문에 숨이 막혀 죽을 것 같았습니다.

나는 아내에게서 눈길을 떼지 않은 채 담뱃갑에 손을 뻗어 담배를 꺼내 불을 붙였습니다.

'이게 뭐예요? 좀 앉아 있을까 해서 왔는데 담배나 피우고 말이에요.' 아내는 이렇게 말하며 소파에 앉아 내 쪽으로 몸을 기대

---

18 구약성서의 다윗왕이 유혹한 밧세바의 남편으로 다윗왕은 간통을 은폐하기 위해 그를 최전방으로 전출시켜 전사케 했다.

어왔습니다.

나는 그녀의 몸이 닿는 게 싫어서 피했습니다.

'당신, 내가 일요일에 연주하는 게 불만이지요?' 하고 그녀가 말했습니다.

'천만에 불만은 무슨 불만.' 나는 부인했습니다.

'내가 모를 것 같아요?'

'안다니 다행이야. 나는 당신이 창녀처럼 행동하고 있다는 것밖에는 몰라……'

'길거리 마부처럼 욕이나 할 생각이라면 가겠어요.'

'가. 단 한 가지는 알아둬. 당신에게 가족의 명예가 소중하지 않다면 내게 (빌어먹을) 당신은 소중하지 않아. 내게 소중한 건 가족의 명예야.'

'아니 뭐라고요?'

'나가, 제발 나가라고!'

아내는 영문을 모르겠다는 표정으로 무안해하며 화를 냈습니다. 아내는 자리에서 일어나서 방 한가운데 멈춰 섰습니다.

'당신 정말 구제불능이군요. 당신의 그런 성격은 천사라도 못 견뎌요.' 아내는 이렇게 말했습니다. 아내는 늘 그랬듯이 내게 조금이라도 상처를 더 주려고 애쓰면서 내가 자기 언니에게 어떻게 대했는가를 문제 삼았습니다.

전에 내가 너무 화가 난 나머지 그녀의 언니에게 거친 말을 퍼부은 적이 있었는데 그 때문에 내가 부끄러워한다는 것을 아내는 알고 있었습니다. 아내는 내 아픈 데를 찌른 겁니다.

'이젠 겁나는 게 없어요'라고 아내가 내뱉었습니다.

'그래 모욕하고 멸시하고 헐뜯어라. 죄인 취급하라고.' 이렇게 속으로 말하자 그때까지 경험하지 못했던 엄청난 분노가 엄습해 옵디다.

나는 난생처음으로 폭력을 휘두르고 싶은 욕망을 느꼈습니다. 그래 자리에서 용수철처럼 튀어올라 그녀에게 다가갔습니다. 그러나 자리를 박차고 일어서는 순간 스스로에게 물었습니다. 감정을 이기지 못하는 게 과연 현명한가 하고 말입니다. 답은 순식간에 나오더군요. 옳은 일이라고요. 아내는 겁을 먹을 거라고 말입니다. 동시에 나는 분노를 달구었습니다. 분노의 불길이 거세짐을 느끼며 나는 쾌감을 맛보았습니다.

'나가, 안 그러면 죽여버리겠어!' 나는 아내에게 다가가 팔을 나꿔챈 후 고함을 질렀습니다. 그 말을 하면서 나는 의식적으로 목소리에서 거센 분노가 느껴지도록 했습니다. 그런 내 모습이 험악하긴 험악했던 모양입니다. 겁을 먹은 아내가 달아날 엄두도 못 내고 '바샤, 왜 그래요? 당신 왜 그래요?'라고만 말했으니까요.

138

'꺼져! 당신이 날 미치게 만든 거야. 내 탓이 아냐!'라고 나는 더욱 크게 소리를 질렀습니다.

분노를 폭발시키고 난 후에도 나는 그에 취해서 분노를 극대화시켜 보여주고 싶었습니다. 뭔가 예사롭지 않은 행동을 하고 싶었습니다. 아내를 때려 죽이고 싶은 생각이 굴뚝같았습니다. 그러나 그건 안 될 말이었습니다. 그래서 화풀이를 할 요량으로 다시 한 번 '꺼져!'라고 외치고 나서 책상에 있던 문진을 들어 아내 옆 바닥을 향해 내동댕이쳤습니다. 겨냥은 훌륭했습니다.

그제야 아내는 문 쪽으로 뛰어갔습니다. 그러다 문 옆에 멈춰 섰습니다. 아내가 지켜보고 있는 동안 (일부러 아내더러 보라고) 책상 위에 있던 것들, 촛대, 잉크통을 죄다 집어 들어 방바닥에 내동댕이치기 시작했습니다. 그러면서 계속 고함을 질렀지요. '없어져! 냉큼 꺼지지 못해! 책임 못 져!'라고 말입니다.

아내가 가버리자 나는 하던 짓을 즉시 멈추었습니다.

그로부터 한 시간이 지난 후 유모가 와서 아내가 히스테리를 일으켰다고 전했습니다. 가보니 아내는 울다가 웃다가 하면서 말은 한마디도 못 하고 온몸을 부들부들 떨고 있었습니다. 아내는 꾀병을 부리는 것이 아니었습니다. 정말 병이 난 것입니다.

아침 무렵 아내가 평온을 되찾자 우리 부부는 우리가 사랑이라고 부르던 감정에 휩싸여 화해했습니다.

그날 아침에 나는 아내에게 트루하체프스키를 질투했노라고 고백했습니다. 아내는 조금도 당황해하지 않고 지극히 자연스러운 미소를 지었습니다. 아내의 말마따나 그런 친구에게 이끌리는 것은 아내에게조차 기이하게 비쳤습니다.

'그런 사람은 음악을 통해 즐거움을 주지요. 그러나 그 외에 무엇을 줄 수 있겠어요? 정숙한 여자에게 말이에요. 당신이 원한다면 두 번 다시 그 사람을 안 볼 거예요. 사람들을 다 초대했지만 일요일도요. 그 사람에게 편지해서 내가 아프다고 하세요. 그러면 끝나요. 한 가지 걸리는 게 있어요. 그 사람이 자기가 두려우니까 그러는 거라고 생각할지도 모른다는 거예요. 내 자존심은 그가 그렇게 생각하는 걸 용납하지 않아요.'

아내의 말은 거짓이 아니었습니다. 아내는 자신이 한 말을 믿었습니다. 아내는 그렇게 말함으로써 자신의 내부에 그에 대한 경멸감을 불러일으키고 그럼으로써 자신을 지킬 수 있기를 바랐지만 부질없는 일이었습니다.

모든 것이 그녀의 의사와는 반대 방향으로 진행되었습니다. 그 중 특히 빌어먹을 것은 음악이었습니다. 일요일에 손님들이 모여들고 그와 아내는 음악을 연주했습니다."

23

"내가 허영심이 강한 사람이었다고 굳이 말씀드릴 필요는 없다고 생각합니다만 사람이 평범하게 살아가면서 허영심이 없다면 사는 명분이 없습니다. 그래서 일요일에도 나는 식사 준비와 조그만 음악회를 겸한 저녁 파티에 정성을 쏟았습니다. 내가 직접 음식 재료를 구입했고 손님들을 초대했습니다.

6시경 손님들이 모여들었고 그도 형편없는 취향의 보석 단추가 달린 연미복을 입고 나타났습니다. 그는 예의범절을 모르는 사람이었습니다. 아무에게나 동의하거나 이해하는 양 서둘러 엷은 미소를 지었고, 왜 저 그런 투 있지 않습니까, 마치 당신이 무슨 말을 하건, 무슨 짓을 하건 그건 내가 이미 다 알고 있다는 투였습니다.

그의 버릇없는 짓거리를 보면서 나는 기분이 아주 좋았습니다. 아내의 말마따나 자기라면 도저히 그렇게는 내려가지 못할 형편 없는 사람임을 그가 스스로 증명하여 나를 안심시켜주었기 때문입니다. 그래서 나 자신에게 더 이상 질투를 용납하지 않았습니다. 이유는 첫째, 질투 때문에 엄청난 고통을 겪어 이제는 쉬어야만 했기 때문이고 둘째, 아내의 다짐을 믿고 싶었고 또 믿었기 때문입니다.

그러나 질투하지 않았음에도 나는 식사하는 동안 그리고 연주가 시작되기 전 초저녁에 그와 아내를 대하기가 껄끄러웠습니다. 나는 여전히 그들 두 사람의 움직임을 주시하고 있었습니다.

식사는 으레 그렇듯이 지겹고 가식적이었습니다. 연주는 꽤 일찍 시작되었습니다. 그날 밤 일어났던 모든 일이 하나하나 생생히 기억납니다. 그가 바이올린을 가져와서 케이스를 열고 어느 숙녀가 수놓아주었을 덮개를 벗긴 후 바이올린을 꺼내 조정하던 게 생각납니다. 아내가 태연을 가장한 채 피아노 앞에 앉아 있던 모습도 기억납니다. 아내는 태연함 속에 자신이 피아노 연주를 잘할 수 있을지에 대한 불안감을 숨기고 있었지만 나는 알 수 있었습니다.

연주는 보편적인 피아노를 위한 곡, 바이올린의 피치카토[19] 악

142

보의 고정으로 시작되었습니다. 다음에 그들은 서로 상대를 한 번 쳐다보고 자리에 앉은 손님들을 한 번 둘러보고 난 후 뭔가 말을 주고받았습니다. 그리고 본격적인 연주가 시작되었습니다. 그가 첫 번째 협화음을 잡았습니다. 그는 바이올린 소리에 청각을 집중시킨 채 진지하고 엄숙하며 호감가는 표정을 짓고 손가락으로 현을 잡아당겼고 피아노가 이에 화답했습니다.

연주가 시작된 것입니다……."

그는 여기서 얘기를 멈추더니 특유의 소리를 연속적으로 냈다. 다시 얘기를 이으려고 했지만 콧소리만 나와서 얘기는 다시 중단되었다.

"그들은 베토벤의 〈크로이체르 소나타〉를 연주했습니다. 처음에 나오는 프레스토[20] 아세요? 아십니까?"

그가 큰 소리로 물었다.

"오! ……이 소나타, 끔찍합니다. 특히 이 부분은 더해요. 아니 보편적으로 음악은 무섭습니다. 도대체 뭡니까? 나는 모르겠습니다. 도대체 음악이 뭡니까? 뭐 하는 거지요? 무엇 때문에 음악을 하느냐고요? 사람들은 음악이 예술적 표현을 통해 영혼을 고양하는 기능을 한다고 하지만 헛소리입니다, 거짓말이라고요!

---

19 현악기에서 현을 활로 긋는 대신에 손끝으로 연주하는 기법 또는 그 곡.
20 급하게, 빠르게. 여기서는 곡 중 그런 지시가 있는 부분.

음악은 무서운 작용을 합니다.

내 경우를 말씀드리는 겁니다. 음악은 예술적인 표현을 통해 영혼을 고양시키는 것과는 거리가 멉니다. 음악은 예술적인 표현을 통해 영혼을 고양시키지도 억압하지도 않습니다. 자극합니다. 뭐라고 말씀드릴까요? 나 자신을, 나의 진정한 위치를 망각하게 하고 나를 내 자리가 아닌 어떤 다른 곳으로 옮겨놓습니다. 나는 음악을 들으면 내가 실제로는 느끼지 못하는 것을 느끼게 되고 내가 이해하지 못하는 것을 이해하며 내가 할 수 없는 것을 할 수 있을 것 같은 착각에 빠집니다.

음악의 효과를 하품이나 웃음을 예로 들어 설명해드리겠습니다. 하품하는 사람을 보면 잠자고 싶지 않은데도 하품을 따라 하지요. 웃음소리를 들으면 웃고 싶은 마음이 없는데도 따라 웃게 되지 않습니까.

음악은 나를 그 음악을 작곡한 사람이 머물던 정신적인 세계로 곧장 데려다 놓습니다. 나는 작곡가와 영적으로 하나가 되어 그와 함께 이 상태에서 저 상태로 옮겨 다닙니다. 왜 그러는지 이유를 모르겠습니다.

〈크로이체르 소나타〉를 작곡한 베토벤은 알고 있었을 겁니다. 왜 자신이 그런 상태에 있었는지. 그 상태는 그로 하여금 잘 알려진 행동을 유도했고 바로 그렇기 때문에 그 상태는 그에게 나름

144

대로 의미가 있었던 것이지만 내게는 아무런 의미가 없는 겁니다.

그러니까 요는 음악은 자극할 따름이지 끝장을 내지는 않는다는 겁니다. 군인들은 행진곡이 연주되면 행진하며 지나가지요. 음악은 목적을 달성한 겁니다. 미사곡을 부르면 성찬을 받지요. 음악은 다시 목적을 달성했습니다. 자극만이 있을 뿐이지요. 그러니까 음악이 무섭다는 게 아니겠습니까. 그래서 가끔 끔찍한 기능을 하는 것이고요.

중국에서 음악은 국가가 관장합니다. 사실 그렇게 하는 게 옳습니다. 정말이지 누구든 맘만 먹으면 혼자서 다른 사람 또는 다수의 사람에게 음악이라는 최면을 걸어 맘대로 할 수 있는 상황도 생각할 수 있지 않겠습니까. 그리고 중요한 점은 도덕적으로 형편없이 타락한 사람이 그런 최면술의 대가일 수도 있다는 겁니다.

그처럼 끔찍한 무기를 수중에 넣었다고 생각해봅시다. 〈크로이체르 소나타〉의 첫 번째 프레스토를 예로 들어보지요.

어디 그게 앞가슴을 드러낸 숙녀들이 앉아 있는 응접실에서 연주할 곡입니까? 연주한 다음에는 박수 좀 치고 다음에는 아이스크림을 먹고 최근에 떠도는 소문에 대해서나 얘기하는데요. 이런 곡은 잘 알려진 중요한 자리에서나 연주하는 것이고 그것도 이 소나타에 걸맞는 행동이 필요할 때만 하는 겁니다. 바꿔 말하면

이 소나타가 시키는 대로 연주하고 행하는 겁니다.

아무튼 이 소나타는 나에게 끔찍한 효과를 나타냈습니다. 마치 새로운 감정, 내가 그때까지 모르고 있던 새로운 가능성이 열리는 것 같았습니다. 내가 이전에 살면서 생각하던 것과는 달리 마치 뭔가가 내 영혼 속에서 말하고 있는 것 같았습니다. 내가 깨달은 새로운 것이 대체 무엇인지 알 수는 없었지만 이 새로운 인식은 기분 좋은 것이었습니다. 아내와 그를 포함해 항상 똑같아 보이던 얼굴들이 전혀 새롭게 보였으니까요.

아내와 트루하체프스키는 그 프레스토 다음에 천한 변주곡을 곁들여 아름답지만 평범하고 구태의연한 안단테를 연주했고 마지막 부분은 지극히 실망스러웠습니다. 그들은 손님들의 요청을 받아들여 에른스트[21]의 비가와 여러 종류의 소품을 연주했습니다. 앙코르 곡은 다 좋았지만 내게는 첫 번째 곡이 주었던 감흥의 100분의 1에도 미치지 못했습니다. 그런 기분은 첫 번째 곡이 안겨준 감흥을 배경으로 생겨났습니다.

나는 저녁 내 마음이 가벼웠고 유쾌했습니다. 그날 저녁 아내의 모습 또한 완전히 달라져 예전의 아내가 아니었습니다. 그런 아내의 모습을 이전에는 본 적이 없었습니다. 연주할 때 반짝이던 두 눈, 엄숙하고 의미 있던 표정, 완전히 긴장을 풀어 나긋나

---

21 하인리히 빌헬름 에른스트. 1814~1865. 독일의 바이올리니스트이자 작곡가.

굿하던 모습, 연주를 마쳤을 때 떠오른 가냘프고 애처롭던 촉촉한 미소가 생각납니다.

나는 그 모든 것을 보았지만 그것에 특별히 나쁜 의미를 부여하지 않았습니다. 단지 그녀 역시 나처럼 경험해보지 못한 새로운 감정의 세계가 열렸을 것이라는 정도의 의미만 부여했을 따름입니다.

저녁 파티는 무사히 끝났고 사람들은 모두 흩어져 집으로 돌아갔습니다.

내가 이틀 후 회의차 여행을 떠나리라는 사실을 알고 트루하체프스키는 작별할 때 내게 다음번에도 오늘 같은 저녁을 되풀이할 수 있게 되기를 희망한다고 말했습니다. 나는 그 말에서 내가 부재중에는 그가 우리 집에 올 가능성을 배제하고 있다는 결론을 내릴 수 있었고 기분이 좋았습니다. 그가 모스크바를 떠날 때까지 내가 돌아오지 않을 게 확실했기 때문에 우리는 더 이상 서로 만나지 못할 게 뻔했습니다.

나는 처음으로 진짜 흡족한 기분이 되어 그의 손을 꼭 쥐며 그런 기분을 안겨준 데 대해 고마워했습니다. 그 역시 아내와 완전히 작별했습니다. 그러자 그들의 작별은 나에게 지극히 자연스럽고 예의 바르게 여겨졌습니다. 다 멋있었습니다. 나와 아내는 그날 저녁 파티에 매우 만족해했습니다."

24

"이틀 후 나는 아내와 작별하고 나서 지극히 편안한 기분으로 지방으로 떠났습니다.

지방에는 항상 일이 많았고 지방 특유의 삶과 세계가 있었습니다. 이틀간 나는 관청에서 열 시간씩 일을 보았습니다. 다음 날 나는 관청에서 아내가 보낸 편지를 받았습니다. 즉시 읽어보았지요. 아내는 애들, 숙부, 유모, 물건 구입에 관해 썼습니다. 아 참 그리고 아무렇지도 않다는 듯 트루하체프스키가 약속한 악보를 건네주려고 집에 들러 연주를 한 번 더 하고 싶다는 희망을 피력했지만 거절했노라는 얘기도 썼습니다.

내 기억에 그가 악보를 약속했던 적은 없었습니다. 그가 완전히 작별한 것으로 기억되었기 때문에 그의 그러한 행동은 나를 찜찜하게 했습니다. 그러나 일이 넘쳐서 더 깊이 생각할 짬이 없었습니다.

저녁에 숙소로 돌아와서야 편지를 다시 읽어볼 수 있었습니다. 내가 없는데 트루하체프스키가 다시 왔었다는 사실 외에도 편지의 전체적인 톤은 나를 긴장시켰습니다.

나는 나의 내부에서 질투심에 사로잡힌 맹수가 우리에서 울부짖으며 뛰쳐 나오려는 걸 느끼고 겁이 나서 냉큼 문을 잠가버렸습니다. 그러고는 스스로 말했지요. '이 질투심은 정말 추악한 감정이야! 아내가 쓴 편지 내용에 이상한 구석은 없잖아?'라고 말입니다.

침대에 누워 다음 날 할 일에 대해 생각했습니다. 나는 회의가 열리는 객지에서는 오랫동안 잠들지 못하는 버릇을 가지고 있었습니다만 그날 저녁은 예외였습니다. 아주 빨리 잠이 들었으니까요.

그런데 갑자기 전기쇼크를 받은 것처럼 잠이 깨는 경우가 있지 않습니까. 바로 그런 경우처럼 잠이 깼습니다. 잠이 깨면서 아내, 아내에 대한 육체적 사랑, 트루하체프스키 그리고 그들 관계가 끝났다는 게 생각나더군요. 그러자 두려움과 사악한 감정이 가슴을 짓눌렀습니다.

나는 이성을 되찾으려 안간힘을 썼습니다. 이런 생각으로 마음을 달랬습니다. '미쳤어. 아무런 근거도 없잖아. 아무 일도 없고 아무 일도 없었잖아. 돈을 주고 불러온 바이올린 악사 나부랭이, 치사하기로 소문난 작자와 기품 있고 사람들이 우러러보는 한 가정의 어머니인 내 아내를 싸잡아 의심하다니! 정신나갔지!' 그러면 다른 목소리가 소리쳤습니다. '그런 일이 일어나지 말란 법이 있어?' 라고 말입니다.

내가 아내와 결혼할 때 내세웠던 명예, 아내와 살면서 내세웠던 명예, 아내가 지니고 있었어야 할 그것, 바로 그렇기 때문에 나와 악사를 포함하여 다른 사람들이 지니고 있었어야 할 그것, 지극히 간단하고 납득하기 쉬운 명예가 어떻게 사라질 수 있겠습니까.

그 친구는 결혼도 하지 않았고 아주 건강했지요. 그가 아작아작 소리를 내며 커틀릿을 씹어 먹고 붉은 입술로 게걸스럽게 포도주잔을 비우던 기억이 생생합니다. 게다가 얼굴에 기름기가 잘잘 흘렀습니다. 원칙도 없이 사는 사내였지만 한 가지 원칙은 지켰습니다. 바로 즐길 수 있는 기회가 주어지면 놓치지 않는다는 겁니다.

그들의 관계는 음악으로 맺어진, 지극히 교묘하고 음탕한 감정이 개입된 관계입니다. 무엇이 그 친구를 제지할 수 있겠습니까?

어떤 것도 제지할 수 없습니다. 정반대로 모든 것이 그를 유인하고 있었습니다.

내 아내요? 어떤 여자일까요? 아내는 하나의 수수께끼였습니다. 지금도 모르겠습니다. 내가 아는 아내는 동물입니다. 동물을 제지할 수 있는 것은 없습니다. 제지해서 될 일이 아니었고요.

그제야 그들의 얼굴 표정이 생각났습니다. 그날 밤 〈크로이체르 소나타〉에 이어 뭔가 정열적인 소품을 연주했는데 누구의 작품인지는 생각나지 않았습니다. 그런데 말이죠. 그 소품은 낯뜨거울 정도로 관능적인 희곡이었습니다. 그들의 얼굴이 떠오르자 나는 스스로 물었지요. '어떻게 떠나올 수 있었을까? 그날 밤 모든 합의가 이루어진 게 분명하잖아? 그날 밤 그들 사이에 아무런 장애물도 없었고 일을 저지른 후 그들, 특히 아내가 수치심 같은 걸 느낀 게 분명하잖아?'

그러자 내가 피아노 쪽으로 다가갔을 때 아내가 상기된 얼굴로 땀을 닦으며 가냘프고 애처롭고 촉촉한 미소를 짓던 모습이 떠올랐습니다. 그들은 서로 상대의 시선을 피했습니다. 식사를 하면서 그가 아내에게 물을 따라주었을 때에야 비로소 서로 상대를 슬쩍 쳐다보고는 슬며시 미소를 지었습니다.

나는 그제야 희미한 미소를 머금은 그들의 눈길을 생각해내고는 걷잡을 수 없는 두려움을 느꼈습니다. '그래 다 끝났어'라고 하나의 목소리가 내 안에서 소리치고 있었습니다. 동시에 '뭔가 널 물먹인 거야, 그럴 수는 없지'라고 또 다른 목소리가 외쳤습니다.

나는 어둠 속에 누워 있는 게 겁이 났습니다. 그래서 촛불을 켰지만 누런 벽지에 둘러싸인 조그만 방에 있는 게 무서워졌습니다. 나는 담배를 피워 물었습니다. 그러고는 해결하지 못할 모순 속을 헤맬 때면 항상 그랬듯이 연거푸 피워댔습니다. 나 자신을 안개 속으로 밀어넣는 모순들을 보지 않기 위해서였습니다.

나는 밤새 잠을 이루지 못하다가 5시에 이르러 더 이상 견뎌내지 못하고 집으로 돌아가기로 결심했습니다. 나는 자리에서 일어나 내게 배속된 경비원을 깨워 말을 가져오라고 보냈습니다. 회의장에는 모스크바에 급한 일이 생겨 가니 다른 회원에게 내 일을 맡겨달라는 쪽지를 보냈습니다.

8시에 나는 마차를 타고 출발했습니다."

25

차장이 객실에 들어와서 초가 다 탄 것을 보고 새 초로 바꿔주는 대신 촛불을 껐다. 날이 밝아오고 있었다. 차장이 있는 동안 포즈드느이셰프는 줄곧 한숨을 토하며 말없이 앉아 있었다. 그는 차장이 나가고 나서야 얘기를 다시 꺼냈다.

어슴푸레한 빛이 비치는 객실 안에는 움직이는 열차의 유리창이 삐걱거리는 소리, 그리고 집사의 코 고는 소리만이 울려퍼지고 있었다. 동이 트고 있었지만 포즈드느이셰프의 모습은 전혀 보이지 않았고 점점 더 감정이 격해져 고통스러워하는 그의 목소리만이 들려왔다.

"마차를 타고 35베르스타[22], 기차를 타고 여덟 시간을 가야 했습니다. 마차를 타고 가니 좋습디다. 해가 눈부시게 빛나는 꽤 추운 가을이었거든요. 반들반들한 길에 얼음 바늘이 송송 생기는 계절이었단 말씀이에요. 길은 미끄러웠고 햇빛은 찬란했고 공기는 신선했습니다. 타고 간 마차는 승차감이 좋았습니다.

날이 밝은 뒤 떠나니 기분이 한결 낫습디다. 말, 들판, 여행객을 보니까 내가 어디로 가고 있는지도 잊게 되더군요. 이따금 그냥 가고 있다는 생각만 들었지 가는 목적이 무언지 생각도 안 나더라고요. 그렇게 나 자신을 잊으니 너무 좋았습니다. 어쩌다 행선지가 생각나면 스스로 말했습니다. '보일 테니까 생각하지 마'라고 말입니다.

그런 생각을 하며 목적지까지 반쯤 갔을 때 일이 생겨 길에서 발이 묶였습니다. 그러나 기분 전환에는 그만이었습니다. 마차가 고장나서 고쳐야 했던 것입니다.

마차가 고장난 것은 내게 큰 의미를 갖는 사건이었습니다. 덕분에 모스크바에 도착한 시간은 내가 예상했던 5시가 아니라 밤 12시였고 집에는 1시가 못 되어 도착했습니다. 예정대로라면 특급을 탔을 텐데 마차가 고장나는 바람에 놓치고 일반 열차를 탔던 것입니다.

짐마차를 부르러 간 일, 마차 수리, 요금 지불, 여인숙에서 마

---

22 미터법 시행 이전 러시아의 거리 단위. 1베르스타는 약 1,067킬로미터.

신 차, 문지기와의 대화 등 이 모든 것은 기분 전환에 큰 도움이 되었습니다. 저녁놀이 깃들 무렵 수리가 끝나자 여행은 다시 계속되었습니다. 저녁에 여행하니 낮에 여행하는 것보다 좋더군요. 초승달이 떴고 날씨도 그다지 춥지 않았어요. 도로 상태가 월등히 나아진 데다 말도 맘에 들어서 신이 난 마부를 보자 나도 덩달아 기분이 유쾌해졌습니다.

무엇이 날 기다리고 있는지 거의 생각도 안 했습니다. 아니면 무엇이 날 기다리고 있는지 알고 있었기 때문에 마차 여행을 즐겼는지도 모르겠습니다. 그래서 그렇게 삶의 기쁨과 작별하고 있었는지도 모릅니다. 그러나 이 평화로운 마음은 마차 여행이 끝나자 깨지고 말았습니다. 열차에 오르자마자 완전히 다른 기분이 되어버린 겁니다.

열차로 바꿔 타서 보낸 여덟 시간은 끔찍했습니다. 평생 잊지 못할 겁니다. 객차에 탄 후 벌써 도착한 거나 마찬가지라고 생각해서였는지 아니면 철도가 내게 흥분 작용을 했기 때문인지 나의 상상력은 통제불능 상태에 빠졌습니다.

상상은 나의 질투심에 불을 지르는 그림들을 쉬지 않고 선명히 그려내기 시작했습니다. 그림들은 갈수록 저속해졌고 한결같이 내가 없는 가운데 일어나고 있는 일, 아내가 나를 배신하는 내용을 담고 있었습니다. 나는 그림들을 바라보면서 분노와 질투 그리고 나 자신을 멸시함으로써 얻어진 기묘한 승리감에 불탔습니다. 그래서 그림들을 떨쳐버리지 못했습니다. 또 안 볼 수도, 문질러버릴 수도, 불러내지 않을 수도 없었습니다.

마치 내가 상상했던 것이 사실이라고 증명이라도 하듯 그림들은 뚜렷이 나타났습니다. 내 의지를 거스르는 어떤 악마가 내게 속삭이고 지극히 끔찍한 생각들을 떠오르게 하고 있었습니다.

트루하체프스키의 형과 오래전에 나눈 얘기가 생각나자 나는 알 수 없는 희열에 싸여 그 얘기를 트루하체프스키와 아내와 결부 지으며 내 심장을 찢어발겼습니다.

아주 오래전의 이야기지만 나는 기억해냈습니다. 트루하체프스키의 형은 사창가에 가느냐는 질문에 점잖은 사람은 더럽고 추악한 데다 성병에 걸릴 수도 있는 그곳에 다니지 않는다고 답했습니다. 그러면서 덧붙이길 고상한 여자들을 항상 찾을 수 있는데 뭐하러 그곳에 가느냐고 했습니다. 그렇습니다. 그 친구와 그 친구의 형은 답을 찾아낸 겁니다.

나는 그의 입장이 되어 생각해보았습니다. '정말 그러네. 젊지는 않아. 옆니도 하나가 없네. 포동포동 살도 좀 쪘고. 그렇지만 뭐 어때. 그대로 데리고 놀아야지 뭐.'

나는 나 자신에게 말했습니다. '맞다, 그 친구는 그 여자에게 자비를 베풀어 자기 정부로 만드는 거야. 게다가 위험하지도 않

지.' 나는 몸서리를 치며 도리질을 했습니다. '안 돼, 그건 말도
안 돼! 내가 뭘 생각하고 있는 거야! 그런 일은커녕 그와 비슷한
일도 있을 수 없어. 그런 걸 유추할 아무런 근거도 없어. 내가 그
친구를 질투할 수 있다는 생각조차도 자기에게는 모욕이라고 아
내가 말하지 않았어? 맞아. 아니야, 거짓말이야, 다 거짓말이
야!' 나는 절규했습니다. 그러다 상상은 처음부터 다시 시작되었
습니다……

객실에는 나를 포함해 승객이 세 명밖에 없었습니다. 말이 거
의 없던 노부부가 어느 역에서 하차하자 나만 홀로 남게 되었습
니다. 자리에서 벌떡 일어났다가 비틀거리며 차창에 다가가기도
하고 객실 안을 미친 듯이 걷기도 했습니다. 나는 영락없이 우리
안에 갇힌 짐승이었습니다. 열차는 좌석이며 유리창 할 것 없이
전체가 흔들리고 있었습니다. 바로 이…….″

포즈드느이셰프는 벌떡 일어나더니 몇 걸음 걸어보고는 다시
자리에 앉았다.

″아, 아, 난 열차가 무섭습니다, 무서워요. 겁이 납니다. 그렇습
니다. 겁이 난다고요!″

그는 얘기를 계속했다.

″나는 나 자신에게 말했습니다. '다른 걸 생각하는 거야. 내가
차를 마셨던 여인숙의 주인에 대해 생각해보자고.' 그러자 턱수

염을 길게 기른 문지기와 그의 손자, 우리 바샤 나이 또래의 사내아이가 떠오르더군요. 우리 바샤! 그 애는 악사가 자기 어머니에게 키스하는 걸 볼 텐데. 그러면 얼마나 상처를 입을까. 그런 건 아내에게 문제도 되지 않겠지! 아내가 사랑하는 건……. 결국 생각은 다시 아내와 트루하체프스키에게로 가 있는 거예요. 그만, 그만…….

병원 견학에 대해 생각해보자, 그렇게 다짐해보았습니다. 그렇지. 어제 환자가 의사에 대해 불평하던 걸 생각해보자. 어, 의사도 트루하제프스키처럼 콧수염을 길렀네. 어쩌면 저렇게 뻔뻔스럽게……. 그 친구가 떠난다고 말할 때 그 둘은 날 이미 배신했던 거야. 생각은 이렇게 다시 그들에게로 돌아갔습니다. 무엇에 대해 생각하든 그들과 관계가 있는 거예요. 정말 지독히 괴로웠습니다.

가장 괴로웠던 점은 아내에 대한 감정이었습니다. 이 질투가 아내를 사랑하기 때문인지, 증오하기 때문인지 알 수 없었기 때문입니다.

얼마나 고통스러웠는지 지금도 생각납니다만 밖으로 나가 철도 레일에 누워 끝장을 내자는 생각이 들었는데 그게 그렇게 마음에 들더라고요. 그랬으면 적어도 더 이상 흔들리고 의심하지 않아도 되었겠죠. 그러나 그렇게 하지 못한 것은 나 자신에 대한 연민, 그리고 이와 동시에 끓어오르는 아내에 대한 증오 때문이었습니다.

트루하체프스키에 대해서는 그가 승리했고 나는 모욕을 당했다는 자각과 증오가 섞인 묘한 감정을 느꼈지만 아내에 대해서는 오로지 소름 끼치는 증오만 느꼈습니다. 나는 스스로 말했지요. '나는 죽고 아내는 살아 있다? 안 되지. 내가 얼마나 고통스러웠는지 깨달을 수 있을지 모르겠지만 적어도 내가 고통받은 만큼은 받아야 해.'

나는 기분을 전환시키려고 기차가 역에 멈출 때마다 밖으로 나가곤 했습니다. 어떤 역 간이식당에서 사람들이 보드카를 마시기에 나도 마셨습니다. 내 옆에서 한 유태인이 역시 보드카를 마시고 있었습니다. 그 유태인은 말이 많았습니다. 나는 혼자 객실에 있기 싫어서 그를 따라 호박씨 껍질이 너저분하게 널린 더럽고 담배 연기가 꽉 찬 3등칸으로 갔습니다. 거기서 우리는 나란히 앉았습니다. 그 유태인이 무슨 이야기인가를 열심히 주절댔지만 나는 하나도 알아듣지 못했습니다. 눈은 그를 향하고 있었지만 나는 그만 거기서도 내 문제에 골똘히 빠져든 때문입니다. 그는 자기 얘기에 관심을 가져줄 것을 요구했습니다.

나는 다시 객실로 돌아왔습니다. 그리고 '내가 생각하고 있는 게 맞는 건지 그리고 내가 괴로워해야 할 근거가 있는 건지 잘 생각해봐야겠다'고 나 자신을 타일렀습니다.

나는 내가 올바른 사고를 할 수 있게 되기를 바라며 자리에 앉았습니다. 그러나 앉자마자 조용히 심사숙고하는 데 실패했습니다. 사리판단 대신 그림과 환상이 떠올랐던 것입니다.

나는 자신을 달랬습니다. '도대체 이런 식으로 고통받은 게 벌써 몇 번째야(예전에도 그와 비슷한 질투의 발작을 겪었는데 그게 생각나더군요). 매번 흐지부지 끝났잖아. 그러니까 이번에도 어쩌면 마찬가지일 거야. 조용히 자고 있는 아내를 발견하게 될 거라고. 잠에서 깨어 나를 보면 기뻐할 거야. 그녀의 말과 눈빛에서 아무 일도 일어나지 않았고 모든 게 기우였음을 느끼게 될 거야. 아, 그렇다면 얼마나 좋을까!'

그런데 다른 목소리가 더 크게 들려오더군요. '오, 그렇지 않아. 너무 자주 그랬어. 이번에는 달라.'

도대체 그런 작자에게 왜 천벌이 내리지 않는지! 그 젊은 친구의 바람기를 고치기 위해서는 매독 치료 전문 병원으로 끌고 가기보다는 내 찢어진 영혼을 보여주는 게 낫습니다. 영혼을 분열시키는 악마들을 보라고 말입니다!

정말 무서웠던 것은 나 자신이 아내의 육체가 내 것이라는 데 대해 조금도 의심하지 않고 권리를 내세우고 있었다는 점입니다. 동시에 나는 아내의 육체를 소유할 수 없다는 것, 그녀의 육체는 나의 육체가 아니기 때문에 아내 마음대로 부릴 수 있다는 것, 그리고 아내는 내가 원하는 대로 하지는 않을 것이라는 것을 느끼고 있었습니다. 이 점도 나를 공포로 몰아넣었습니다.

나는 트루하체프스키는 물론 아내에게 아무 짓도 할 수가 없었습니다. 그 친구는 교수대 앞에 선 창고지기 반카[23]처럼 달콤한 입술에 키스한 것이며 기타 등등에 관해 노래를 부를 것입니다. 그건 그의 승리지요.

아내도 어떻게 해볼 도리가 없었을 겁니다. 아내가 그 짓을 하지 않았지만 원하고 있었다면 문제는 심각합니다. 차라리 일을 저질러서 내가 아는 게 나았어요. 나는 내가 진정 뭘 원하는지 차마 입 밖에 낼 수가 없었습니다. 그건 완전히 미친 짓이었습니다!"

---

23 같은 제목의 고대 러시아 서사시의 주인공. 주인의 아내를 유혹하고 이를 발설한 죄로 교수형에 처해짐.

26

"종착역을 하나 남겨둔 역에서 차장이 기차표를 수거하려고 왔을 때 나는 짐을 챙기면서 내 생각에 제동을 걸었습니다. 결심의 순간이 다가왔다는 데에 생각이 미치자 마음이 더욱 떨렸습니다. 오한이 들어 턱이 덜덜 떨리고 이가 맞부딪쳤습니다.

나는 인파에 휩쓸려 기계적으로 역을 빠져나와 마차를 잡아탔습니다. 마차를 타고 가면서 아무 생각도 없이 드문드문 스쳐 지나가는 행인과 문지기 그리고 가로등과 타고 가던 마차가 앞뒤로 던지는 그림자를 지켜보았습니다.

반베르스타가량 달려서 다리가 시려와서야 문득 열차에서 털양말을 벗어 가방에 넣었던 생각이 났습니다. '가방이 어디에 있

지? 여기에 있나? 여기 있다. 한데 고리짝은 어디에 있지?'

나는 짐 같은 것은 까마득하게 잊고 있었던 것입니다. 그러나 짐 보관증이 생각나 꺼내보고는 짐을 찾으러 돌아가는 것은 시간 낭비라고 판단했고 마차를 계속해서 타고 갔습니다.

그때 내가 뭘 생각하고, 뭘 원했는지 지금은 하나도 기억이 나지 않습니다. 생각나는 건 오직 내 인생에서 대단히 중요한, 뭔가 무서운 일이 일어나고 있다는 걸 자각하고 있었다는 것뿐입니다. 그렇게 생각했기 때문에 그런 일이 일어났는지 아니면 너무나 무서운 일이어서 예감이 든 것인지는 모르겠습니다. 아마도 일이 일어나고 나서 그 이전에 내가 생각했던 것들 하나하나가 의미심장하게 생각된 것 같습니다.

마차가 우리 집의 바깥채에 다가갔을 때 시곗바늘은 12시를 넘기고 있었습니다. 바깥채 부근에는 마부 몇 명이 서서 불 켜진 창을 바라보며 승객을 기다리고 있었습니다. 불 켜진 창은 거실과 응접실의 것이었습니다. 뭔가 끔찍한 것을 예상하며 나는 계단을 올라가 초인종을 눌렀습니다. 사람 좋고 부지런하지만 어리숙하기 짝이 없는 집사 예고르가 문을 열어주었습니다.

현관에서 눈에 먼저 들어온 것은 옷걸이에 다른 옷과 나란히 걸려 있는 트루하체프스키의 외투였습니다. 의당 놀라야 했지만 나는 전혀 놀라지 않았습니다. '그러면 그렇지'라고 나는 자신에게 말했습니다. 누가 와 있느냐고 묻자 예고르는 트루하체프스키가 와 있다고 대답했고 다른 손님은 없느냐고 묻자 '없습니다요' 라고 대답했습니다.

지금도 생각나지만 예고르는 그렇게 대답하면서 마치 나를 기쁘게 하고 방문객에 대한 의심을 불식시키려는 듯한 억양을 넣었습니다. 그는 '아무도 없습니다요. 그렇습지요, 그렇습니다요' 라고 마치 내가 독백하듯 대답했습니다.

'애들은?' 하고 내가 묻자 그는 '다행히도 건강합니다. 이미 잠들었습니다요' 라고 대답했습니다.

나는 숨이 막히는 것 같았고 덜덜 떨리는 턱을 주체하지 못했습니다. 그러면서 생각했습니다. '이전과는 다른 것 같아. 이전에는 어떤 의심이나 오해도 뒤에 가서 다 그게 아닌 걸로 밝혀졌지. 이제는 아니야. 내가 생각하고 상상했던 그대로야. 모든 게 다 사실이야. 그래 이 모두가 말이야……' 라고 말입니다.

나는 하마터면 통곡할 뻔했습니다. 순간 악마가 속삭였습니다. '그래 울어라, 울어, 감상적이 되어봐. 그러는 동안 저들은 침착하게 떨어져 설 테니까. 증거가 없어지는 거야. 그러면 너는 영원히 의심하고 또 괴로워하겠지' 라고 말입니다. 그러자 나 자신에 대한 연민이 즉시 사라지고 이상한 감정이 생기더군요.

믿어지지 않겠지만 그건 희열이었습니다. 드디어 고통이 끝날 거라는 희열, 드디어 아내를 벌하고 해방될 수 있다는 희열, 비로소 나의 원한에 명분을 실을 수 있다는 희열이었습니다. 나는 나의 원한에 명분을 실었습니다. 짐승, 그것도 잔인하고 교활한 짐승이 되었던 것입니다.

나는 내가 왔다는 것을 알리러 응접실로 가려는 예고르를 불러 세워 말했습니다. '관두게, 그럴 필요없네. 대신 다른 일을 해주게. 가서 마차를 타고 짐을 찾아오게. 여기 짐 보관증을 가지고 가게. 어서 가'라고 말입니다.

예고르는 외투를 가지러 복도를 지나갔습니다. 나는 그가 그들을 놀라게 할까 봐 겁이 나서 그의 방까지 따라가 그가 외투를 입고 나올 때까지 기다렸습니다. 다른 방 뒤편의 응접실에서는 말소리와 나이프, 접시가 부딪치는 소리가 흘러나오고 있었습니다. 그들은 식사하느라 초인종 소리를 듣지 못했던 것입니다. 나는 '지금 나오지만 말아라'라고 속으로 말했습니다. 예고르는 아스트라한제製 양가죽 외투를 입고 밖으로 나갔습니다.

나는 문을 잠갔습니다. 혼자 남았고 이제는 행동해야만 한다는 데 생각이 미치자 무서워졌습니다. 어떻게 일을 풀어나가야 할지 묘안이 떠오르지 않았습니다. 오로지 이제 모든 게 끝났다는 것, 아내의 죄를 둘러싸고 일던 의구심은 이제 더 이상 존재하지 않는다는 것, 이제 아내를 벌하고 그녀와의 관계에 종지부를 찍을 거라는 생각뿐이었습니다.

예전에는 '어쩌면, 사실이 아닐지도 모른다. 어쩌면 내가 실수하는 건지도 모른다'고 망설였습니다만 이제는 더 이상 망설이지 않았습니다. 모든 게 돌이킬 수 없게 되고 만 것입니다. 나 몰래 그놈과 단둘이, 그것도 야밤에! 그건 이미 모든 걸 완전히 망각한 짓이었습니다. 아니 그보다 더한 짓이었습니다. 그렇게 겁없이 뻔뻔스럽게 만나 죄를 저지름으로써 오히려 둘의 관계를 은폐하려는 것입니다.

내가 겁을 낸 것은 단 하나, 그들이 이 위기를 모면하여 명백한 증거를 인멸하고 내게서 벌할 여지를 박탈하지나 않을까 하는 점이었습니다. 그래서 서둘러 그들을 덮치려고 그들이 있는 응접실을 향해 살금살금 복도로 다가갔습니다. 그러자 어쩔 수 없이 애들 방을 거쳐야 했습니다.

첫 번째 아이 방에서는 아들들이 자고 있었습니다. 두 번째 아이 방에서는 유모가 몸을 뒤척이며 잠을 깨려 했습니다. 유모가 사태를 파악하고 나면 무슨 생각을 할지 상상해보고는 나 자신이 말할 수 없이 처량해져 울음이 북받쳤습니다. 나는 애들을 깨우지 않으려고 살금살금 복도로 나와 내 서재로 갔습니다. 소파에 몸을 던지고는 울음을 터뜨리고 말았습니다.

나는 나 자신에게 말했습니다.

'나는 정직한 사람이다. 훌륭한 부모를 둔 자식으로 평생 가정의 행복을 꿈꾸어왔다. 나는 한 번도 아내를 배신한 적이 없는 진정한 사내다……. 그런데 이런 일이! 애가 다섯이나 딸려 있는데도 악사를 껴안아? 입술이 붉어서? 이럴 수는 없어, 이건 사람이 아니야! 암캐야, 추잡한 암캐라고! 애들이 자는 방 바로 옆에서. 그래 나한테는 그런 편지를 써놓고? 그래 놓고 나서는 뻔뻔스럽게 목에 매달려?

그래 내가 아는 게 뭐지? 그녀는 아마 항상 부정했을 거야. 모르긴 몰라도 하인들과 붙어서 애들을 낳았을 거야. 다 내 자식이라고 하지만. 차라리 내일 오는 게 나았을 텐데. 그러면 그녀는 머리를 고치고 허리를 흐느적거리며 천천히 우아한 동작으로 나를 맞이했겠지(나는 아내의 매혹적이지만 혐오스러운 얼굴을 눈앞에 그려보고 있었습니다). 그러면 질투에 불타는 짐승은 내 심장에 영원히 자리 잡고 앉아 나를 갈갈이 찢어놓았을 거야.

유모는 뭔가 알고 있어. 예고르도 마찬가지고. 아, 불쌍한 리자! 그 애는 이미 뭔가 눈치챘을 거야. 그런데도 저렇게 뻔뻔스럽다니! 어떻게 이런 일이! 저 짐승 같은 성욕. 내가 잘 알지.'

나는 자리에서 일어서려 했지만 몸이 따라주지 않았습니다. 심장이 어찌나 두근거리는지 서 있을 수가 없었습니다. 네, 나는 심장마비로 죽어갔던 것입니다. 그녀가 날 죽이고 있었던 겁니다.

아내는 그러고 싶었을 겁니다.

아내가 나를 죽이면 안 되느냐고요. 안 되죠. 그녀에게 그런 즐거움을 줄 생각은 추호도 없었습니다. 나는 앉아 있고 그들은 거기에서 먹고 웃고…….

비록 젊지는 않겠지만 그 친구는 아내를 싫어하지 않았습니다. 밉상은 아니었으니까요. 중요한 사실은 적어도 그 친구가 성병 걱정은 하지 않아도 되었다는 겁니다.

나는 스스로 물었습니다. '왜 그때 목 졸라 죽이지 않았지?' 일주일 전에 그 여자를 서재에서 내쫓으며 물건을 박살내던 기억이 났습니다. 당시의 마음 상태가 생생히 생각났습니다. 아니 생각난 정도가 아니라 그때의 파괴욕이 다시 살아났습니다. 나는 행동에 옮기고 싶었습니다. 그러자 행동에 필요한 생각 이외의 다른 생각들은 머릿속에서 말끔히 사라져버렸습니다. 나는 거의 짐승과도 같아졌습니다. 마치 위험에 처한 동물이 서두르지도 않고 일순간도 허비하지 않으며 목표물을 향해 움직이는 것과 같았습니다."

27

"내가 맨 처음 한 일은 장화를 벗는 일이었습니다. 나는 소파가 놓여 있는 벽으로 다가갔습니다. 벽에는 소총과 단검들이 걸려 있었습니다.

나는 한 번도 사용한 적이 없는 매우 날카롭게 휘어 있는 다마스쿠스제 단검을 내려 칼집에서 뽑아들었습니다. 칼집이 소파 뒤로 떨어져서 '나중에 꼭 찾아야지. 자칫 잘못하다간 잃어버릴라' 하고 독백하던 게 생각납니다. 그러고는 그때까지 걸치고 있던 외투를 벗어 던지고 양말 차림으로 천천히 거실을 향해 걸어갔습니다.

나는 조용히 살금살금 접근한 후 문을 확 열어젖혔습니다. 지금도 그들의 얼굴 표정이 기억납니다. 그들의 놀란 표정이 내게 고통스러울 정도로 기쁨을 안겨주었기 때문입니다. 그들은 겁에 질려 있었습니다. 그건 내가 바라던 바이기도 했습니다.

나를 처음 본 순간 두 사람의 얼굴에 나타난 절망적인 공포를 나는 결코 잊지 못할 것입니다. 그는 식탁에 앉아 있었던지 벌떡 일어나 장롱을 등지고 섰습니다. 그의 얼굴 표정은 공포 그 자체였습니다. 아내의 얼굴에도 공포가 나타나 있었지만 어딘가 다른 표정이 섞여 있었습니다.

만일 공포 하나였다면 아마도 일은 일어나지 않았을 것입니다. 그러나 적어도 그때 그 순간 내게는 아내가 그 친구와 사랑을 즐기고 행복을 꿈꾸는데 훼방꾼이 나타나서 불쾌하다는 표정을 짓는 것처럼 여겨졌습니다. 마치 지금의 행복을 방해받지 않는 것 외에 다른 소망은 없다는 듯한 표정 말입니다.

이런저런 표정이 그들의 얼굴에 잠시 떠올랐다가 사라져버렸습니다. 겁에 질렸던 그의 얼굴은 이내 묻는 듯한 얼굴로 바뀌었습니다. '거짓말해도 될까, 안 될까? 된다면 지금 해야 한다. 안 되면 뭔가 다른 구실이라도 대야지. 하지만 뭘 하지?' 하고 말입니다. 그는 자문을 구하려는 듯 아내를 힐끗 쳐다보았습니다. 그를 바라보는 아내의 얼굴은 분노와 슬픔 대신 그에 대한 걱정이 떠올라 있었습니다.

나는 등 뒤에 단검을 감추고 문 옆에 잠시 서 있었습니다. 바로 그때 그가 씩 웃더니만 웃음이 나올 정도로 어색한 목소리로 입을 열었습니다. '저, 음악 좀 연습했습니다…….' 그와 동시에 아내가 그의 목소리 톤에 맞추어 입을 열더군요. '생각도 못 했어요' 라고 말입니다.

두 사람 다 말을 잇지 못했습니다. 그러자 일주일 전에 체험했던 바로 그 분노가 다시 엄습해 오더군요. 파괴하고 폭력을 휘둘러 미친 짓을 하고 싶은 강한 욕구가 일더라고요. 나는 욕구에 저항하지 않았습니다.

그들이 말을 끝내지 못했다는 것이 나로 하여금 그들의 부정을 더 확고히 믿게 했습니다.

나는 단검을 감춘 채 아내의 옆구리를 찌르는 데 그가 방해하지 못하도록 아내에게 달려들었습니다. 나는 처음부터 옆구리를 노리고 있었습니다. 그러나 그는 내가 돌진하는 순간 내 팔을 붙잡고 '정신차리세요, 이게 무슨 짓입니까! 거기 누구 없어요?' 하고 소리를 질렀습니다. 그가 그런 행동을 하리라고는 전혀 예상치 못했습니다.

나는 팔을 빼내 이번에는 그에게 달려들었습니다. 눈과 눈이 마주치자 그의 얼굴은 입술까지 핏기를 잃고 흰 천처럼 하얗게 변했습니다. 눈에서는 알 수 없는 광채가 번쩍였습니다. 그는 내가 전혀 예상치 못한 행동을 했습니다. 피아노 밑으로 몸을 날려 문 쪽으로 달아난 것입니다.

그를 덮치려는 순간 뭔가가 왼팔에 매달렸습니다. 아내였습니다. 내가 뿌리치려고 애를 쓰면 쓸수록 아내는 더 집요하게 매달려 놔주지 않았습니다. 예기치 못한 방해를 받은 데다 역겹게스리 아내가 붙잡고 늘어지자 나는 부아가 더 치밀어 올랐습니다.

내가 완전히 미쳐서 무서운 모습이 되었음을 인식한 나는 내심 쾌감을 느끼고 있었습니다. 나는 왼팔을 구부려 팔꿈치로 아내의 얼굴을 힘껏 쳤습니다. 그녀는 외마디 비명을 지르며 내 팔을 놓았습니다. 나는 그 친구를 잡으러 달려가려다가 양말 차림으로 아내의 정부를 쫓는 게 우습다는 생각이 들었습니다. 나는 웃음거리가 되기 싫었습니다.

나는 공포의 대상이 되고 싶었습니다. 완전히 정신이 나갔음에도 내가 다른 사람들에게 어떤 인상을 주고 있었는지 줄곧 알고 있었습니다. 심지어 나 자신에게도 부분적으로 영향을 주고 있었습니다.

나는 몸을 돌려 아내를 쳐다보았습니다. 아내는 침대 소파에 쓰러져 한쪽 손을 부어오른 눈에 갖다댄 채 나를 쳐다보고 있었습니다. 아내의 얼굴에는 쥐덫에 걸린 쥐에게서나 볼 수 있음직한 공포와 적에 대한 증오가 배어 있었습니다. 그것은 다른 남자를 향한 사랑이 불러일으켰음에 틀림없는 바로 그 공포와 나에 대한 증오였습니다.

그럼에도 만일 아내가 입만 다물고 있었던들 어쩌면 자제력을 발휘해 더 이상 일을 저지르지 않았을지도 모릅니다. 그러나 아내는 갑자기 칼을 든 내 손을 붙잡고 떠들어대기 시작했습니다. '정신 차려요! 뭐 하는 거예요? 도대체 왜 그러는 거예요? 아무일도 없었어요, 아무 일도, 아무 일도……. 맹세해요!' 라고 말입니다.

그 말만 아니었다면 나는 망설였을 겁니다. 아내의 말은 나를 더욱 흥분시켰습니다. 아내의 마지막 말에서 나는 정반대, 즉 모든 게 사실이라는 결론을 내렸던 것입니다. 나는 나 자신을 더욱 더 격렬하게 몰아세워갔고 종말을 향해 치달아갔습니다.

아무리 미쳐도 나름대로 지켜야 할 규칙이 있습니다. 나는 '거짓말하지 마, 뻔뻔스러운 것 같으니!' 라고 고함을 지르며 왼손으로 아내의 팔을 잡았습니다. 그러나 아내는 피했습니다. 그래서 나는 오른손에 여전히 칼을 든 채 왼손으로 아내의 목을 잡아 뒤로 쓰러뜨리고 목을 조르기 시작했습니다. 웬 목이 그렇게 뻣뻣한지…….

아내는 양손으로 내 손을 붙잡아 벗어나려 안간힘을 썼습니다. 나는 마치 그걸 기다리기라도 한 듯 칼로 왼쪽 갈비뼈 아래 옆구리를 힘껏 찔렀습니다.

사람들은 정신이 나간 상태에서 자기가 무슨 짓을 하는지 기억하지 못한다고 얘기하지만 말도 안 됩니다. 거짓말이에요. 나는 다 기억했습니다. 속에서 분노가 끓어오르면 오를수록 내가 무슨 짓을 하고 있는지 의식이 더 뚜렷해진걸요.

내가 어떤 행동을 저지를지 이미 알고 있었다고 말할 수는 없습니다. 그러나 일을 저지른 시점에서는 내가 무슨 짓을 할지 사전에 알고 있었던 것 같은 생각이 들었습니다. 마치 내가 멈출 수도 있었다고 뉘우치도록 하려는 것처럼 말입니다.

나는 갈비뼈 아래를 찌르게 될 것이고 단검이 잘 들어갈 거라는 사실을 알고 있었습니다. 일을 저지르는 순간 나는 내가 한번도 하지 않은 끔찍한 짓, 무서운 결과를 초래하게 될 끔찍한 짓을 저지르고 있다는 것을 알고 있었습니다. 그러나 그러한 인식은 번갯불처럼 잠깐 반짝였을 뿐입니다. 그리고 행동은 지극히 뚜렷이 인식되었습니다.

지금도 생각납니다만 칼이 코르셋과 또 다른 뭔가에 잠깐 부딪쳤다가 부드러운 것에 파고드는 소리를 들었습니다. 아내는 두 손으로 칼을 잡다가 손을 베었습니다. 그러나 칼을 막는 데는 실패했습니다.

그 후 감옥에서 뉘우치게 되었을 때 오랜 시간 그때를 생각하며 할 수 있는 한 기억을 되살려보고 판단해보았습니다. 행동 직전에 무방비 상태의 내 아내를 죽이고 있고 죽였다는 의식이 떠올랐습니다. 나는 겁에 질려 내가 한 짓을 정정하고 그만두기 위해 즉시 꽂았던 단검을 뽑아냈습니다. 나는 앞으로 어떻게 될지, 무를 수 있는지 몰라 잠시 서 있었습니다. 그러자 아내는 벌떡 일어나더니만 '유모! 이 사람이 날 죽여!'라고 고함을 질렀습니다.

유모는 소동을 듣고 문에 서 있었습니다. 나는 여전히 반신반의하며 서 있었습니다. 아내의 코르셋에서 피가 솟아났습니다. 그제야 일이 돌이킬 수 없게 되었음을 깨닫고 나는 내가 원하는 일, 당연히 해야만 할 일을 한 것이라고 단정지었습니다. 나는 아내가 쓰러지길 기다렸다가 유모가 '나리!'라고 외치며 아내에게 달려오자 비로소 단검을 던져버리고 방에서 나갔습니다.

나는 아내나 유모는 쳐다보지도 않고 '흥분해서는 안 된다. 내가 무슨 짓을 저질렀는지 알고 있어야 해'라고 나 자신에게 말했습니다. 나는 하녀를 들여보낸 후 내 방으로 갔습니다. '이제 뭘 해야 되지?'라고 스스로에게 묻고 스스로 답을 찾았습니다. 나는 방에 들어서자마자 벽으로 가서 걸려 있던 권총을 내려 살펴보았습니다. 권총에는 탄알이 들어 있었습니다. 나는 권총을 테이블 위에 올려놓았습니다. 그러고는 소파 뒤에서 칼집을 집어 올리고 소파에 앉았습니다.

나는 오랫동안 그렇게 앉아 있었습니다. 아무런 생각도 없이 말입니다. 얼마나 그러고 있었는지 뭔가 질질 끄는 소리가 들려왔습니다. 누군가가 집에 도착하고 이어서 또 한 사람이 도착하는 소리가 들렸습니다. 그리고 나서 내가 열차에 두고 내린 고리짝을 예고르가 내 방에 가지고 들어왔음을 알게 되었습니다. 마치 누군가에게 소용이라도 되는 것처럼 말입니다!

나는 그에게 '자네 무슨 일이 벌어졌는지 얘기 들었지? 마당지기에게 경찰에 알리라고 전하게'라고 일렀습니다.

그는 아무 말도 하지 않고 가버렸습니다. 나는 일어나서 방문을 걸어 잠갔습니다. 그러고는 담배를 피우기 시작했습니다. 나는 담배를 다 피우기도 전에 잠들고 말았습니다. 두 시간가량 잔 게 확실합니다.

꿈을 꾸었는데 아내와 나는 사이가 좋았습니다. 다투다가도 화해했고 뭔가가 우리 사이를 훼방놓았지만 여전히 사이가 좋았습니다. 그러다 문을 두드리는 소리에 잠이 깼습니다. 나는 잠이 깨면서 '경찰이다. 정말 죽였나 보다. 혹시 아내일지도 모른다. 그렇다면 아무 일도 없었다는 얘긴데'라는 생각이 들었습니다.

노크 소리는 멈추지 않았습니다. '무슨 일이 있었던 거야, 아니란 말야?'라는 질문에 나는 부정할 수 없었습니다. 답은 '그래, 무슨 일이 있었어'였습니다. 칼이 코르셋에 걸렸다가 쑥 들어간 기억이 나자 등골이 오싹해졌습니다. 나는 자신에게 말했습니다. '그래, 무슨 일이 있었어. 이젠 내 차례야'라고 말입니다.

그러나 이렇게 말은 하면서도 나는 자살하지는 않을 것임을 알고 있었습니다. 그래도 자리에서 일어나 권총을 손에 들었습니다. 그런데 이상한 일도 다 있지요. 예전에는 자살을 수도 없이 생각했었습니다. 예를 들어, 심지어 기차를 타고 정신없이 집으로 돌아올 때 자살은 일도 아닌 것처럼 여겨졌었습니다. 왜냐하면 내가 자살함으로써 아내가 충격을 받을 것이라고 생각했었으니까요.

그러나 막상 권총을 들어 죽으려고 보니 자살하기는커녕 자살에 대한 생각조차 못 하겠더군요. 나는 스스로 '내가 왜 자살을 하려 하지?'라고 물었습니다. 문을 두드리는 소리는 여전히 들려왔습니다. 나는 '먼저 누가 노크하는지 알아봐야겠다. 아직 시간이 있으니까'라고 생각하고 권총을 내려놓은 후 신문지로 덮었습니다. 나는 문으로 가서 빗장을 벗겼습니다. 마음씨 좋고 좀 모자라는 과부인, 아내의 언니가 서 있었습니다.

'바샤! 대체 무슨 짓인가?' 항상 눈물을 잘 흘리는 그녀가 물었습니다.

'뭐가요?' 나는 무뚝뚝하게 내뱉었습니다. 나는 처형에게 뻣뻣하게 굴 처지가 아니라는 것을 알고 있었지만 달리 대꾸할 수가 없었습니다.

'바샤, 그 애가 죽어가고 있어! 이반 표도로비치 선생님이 그
러셨어.' 이반 표도로비치 선생은 아내의 주치의이자 조언자였
습니다.

'그가 여기 와 있단 말입니까? 그래서 어떻다는 겁니까.' 나는
되물었고 아내에 대한 악감정이 다시 고개를 드는 것을 느꼈습
니다.

'바샤, 가봐. 아, 정말 끔찍해.' 처형이 말했습니다.

'가봐?' 하고 나는 자문했습니다. 그러고는 곧 가봐야만 한다
는 답을 얻었습니다. 아마도 나처럼 아내를 죽인 남편은 다 그러
는 모양입니다. 즉시 가보아야만 한다는 생각이 들었습니다. '가
보자. 그래, 언제라도 자살할 시간은 있으니까'라고 생각하며 나
는 권총으로 자살하려던 의도를 떠올려보았습니다. 나는 처형을
따라가면서 속으로 말했습니다. '이제 한바탕 퍼부으며 인상을
쓰겠지만 굴복하지 않겠어'라고 말입니다.

'잠깐, 장화도 안 신고 가니 이상해요. 신발이라도 좀 신고 갑
시다'라고 처형에게 말했습니다.”

28

"정말 기가 막힌 일입디다! 방을 나와 낯익은 방들을 지나가니까 아무 일도 없었기를 바라는 마음이 다시 생기더라고요. 요오드포름, 석탄산 같은 역겨운 의약품 냄새가 풍겨오자 가슴이 덜컥 내려앉았습니다. 그렇습니다. 큰일은 이미 벌어지고 만 것입니다.

복도를 따라 아이들 방을 지나갈 때 리자가 눈에 띄었습니다. 아이는 놀란 눈으로 나를 바라보았습니다. 그러자 그 아이 혼자가 아니라 마치 우리 아이 다섯 모두가 한꺼번에 나를 바라보고 있는 것 같은 느낌이 들었습니다.

이윽고 문에 다다르자 하녀가 안에서 문을 열어주고 나갔습니다. 맨 먼저 눈에 들어온 것은 온통 검게 피로 물들어 의자에 놓여 있던 아내의 연회색 드레스였습니다. 아내는 무릎을 세운 채 우리 부부가 쓰던 더블침대의 내 자리에 누워 있었는데 아마도 눕히기가 쉬워서였을 겁니다. 재킷 단추는 모두 열려 있었고 몸은 베개를 여러 개 괴어 비스듬히 뉘어져 있었습니다. 상처 부위는 무엇인가로 덮여 있었고 방 안에서는 진한 요오드포름 냄새가 진동하고 있었습니다.

내가 무엇보다도 먼저 가장 큰 충격을 받은 것은 아내의 얼굴과 코 그리고 한쪽 눈 아래 부분이 퍼렇게 멍이 들고 잔뜩 부어올랐다는 점이었습니다. 그건 아내가 나를 제지하려고 할 때 내가 팔꿈치로 쳐서 생긴 것이었습니다. 아름다운 데라고는 전혀 없었고 뭔가 더러운 것이 아내의 내부에 있는 것같이 여겨졌습니다. 나는 문지방에 멈춰 섰습니다.

그러자 처형이 '가까이 가봐, 어서'라고 말했습니다.

나는 '그래, 정말이군. 뉘우치고 싶은 거야. 용서해줘? 좋아. 죽어가는 마당에 용서 못 할 것도 없지'라고 생각하며 너그러운 마음을 가지려고 애썼습니다. 나는 바싹 다가갔습니다. 아내는 가까스로 성한 한쪽 눈을 떠서 나를 보더니만 더듬더듬 간신히 몇 마디 했습니다. '이제 만족하겠군요, 나를 죽였으니…….' 그러자 아내의 얼굴에 극심한 육체적인 고통과 다가온 죽음에도 불구하고 내가 익히 알고 있던 예의 차가운 동물적 증오심이 나타났습니다. 아내는 이어 말했습니다. '아이들은…… 절대로 당신에게…… 안 줄 거야……. 언니가 데려갈 거야…….'

마치 이 사건의 핵심인 자기의 죄, 간통에 대해 언급하는 것은 일고의 가치도 없다는 듯한 태도였습니다.

아내는 '그래, 당신이 한 짓을 한번 봐요'라고 말하고 나서 문쪽을 보며 흐느껴 울었습니다. 문에는 처형이 아이들을 데리고 서 있었습니다. '봐요, 당신이 한 짓이에요.'

나는 아이들과 퍼렇게 멍든 아내의 얼굴을 보는 순간 처음으로 나, 내 권리, 내 자존심을 잊고 아내에게서 인간의 모습을 보았습니다. 그러자 나를 모독했던 모든 것, 나의 유별난 질투심이 부질없고 내가 한 짓이 엄청나게 여겨져 아내의 손에 얼굴을 갖다대고 머리 숙여 '용서해주오!'라고 말하고 싶었습니다. 그러나 못했습니다. 용기가 나지 않았던 것입니다.

아내는 눈을 감고 입을 다물었습니다. 말을 계속할 힘이 없었던 것 같습니다. 얼마 후 그녀의 얼굴이 경련을 일으키며 일그러졌습니다. 아내는 힘없이 나를 밀쳐냈습니다.

'왜 그랬어요? 왜?'

'날 용서해주오.' 내가 말했습니다.

'용서해주오? 다 쓸데없는 소리야! 아, 죽지만 않는다면!' 아내는 고함을 질렀습니다. 아내는 몸을 조금 일으키더니 고열로

반들거리는 눈으로 나를 쏘아보며 말했습니다. '그래, 당신은 당신 목적을 달성했어! ……증오해! ……아! 아!' 아내는 열이 올라 헛것을 본 모양으로 뭔가에 놀라 소리를 질렀습니다. '그래, 죽여라, 죽여, 안 무섭다……. 대신 다 죽여, 다, 그 사람도. 나가, 나가!' 하고 말입니다.

아내는 고열 상태에서 계속 헛소리를 해댔습니다. 아내는 아무도 알아보지 못했습니다. 그날 정오경 아내는 숨을 거두었습니다. 그에 앞서 나는 8시에 경찰서로 이송된 후 그곳에서 다시 감옥으로 이송되어 수감되었습니다.

감옥에서 재판을 기다리며 11개월을 보내는 동안 나 자신과 지난날을 돌이켜보았습니다. 그러니까 다 이해되더군요. 납득하기 시작한 것은 수감된 지 사흘째 되던 날이었습니다. 아내가 땅속에 묻히던 날 나는 끌려갔습니다. 장례식장으로……."

그는 뭔가 말하려 했지만 북받치는 울음을 참지 못하고 얘기를 중단했다. 자신을 추스른 후 그는 다시 얘기를 계속했다.

"나는 관 속에 누운 아내의 시신을 보고서야 이해하기 시작했습니다."

그는 잠시 흐느끼다가 빠른 속도로 말했다.

"창백한 아내의 얼굴을 보고서야 내가 한 짓을 깨달았습니다. 내가, 내가 말입니다, 아내를 죽였다는 걸 깨달은 거죠. 나 때문에 그 일이 일어났다는 걸 깨달았습니다. 생기 있고 바삐 움직이던 따뜻하던 아내가 이제는 움직이지도 않고 밀랍처럼 창백하고 싸늘하게 식어버렸다는 걸 깨달았습니다. 그제야 나는 결코 그 무엇으로도 속죄할 수 없다는 걸 깨달았습니다. 그걸 경험하지 않은 사람은 절대 이해하지 못합니다……."

그는 몇 차례 괴로운 신음을 토하더니 잠잠해졌다.

우리는 오랫동안 말없이 앉아 있었다. 그는 몸을 들썩이며 서럽게 흐느껴 울었다.

"용서하십시오……."

그는 내게서 몸을 돌려 망토를 두르더니 의자에 비스듬히 누웠다. 아침 8시에 내가 내려야 할 역에서 기차가 멈추자 나는 작별 인사를 하러 그에게 다가갔다. 그는 잠이 들었는지 아니면 잠든 척하고 있었는지 미동도 하지 않았다. 내가 손으로 가볍게 건드리자 그는 감고 있던 눈을 떴다. 잠든 게 아니었던 것이다.

"안녕히 가십시오."

나는 그에게 손을 내밀며 말했다.

그 역시 손을 내밀며 미소를 지었지만 너무도 안쓰러운 미소여서 나는 눈물이 복받쳐 오르는 것을 느꼈다.

"그래요, 용서하십시오."

그는 자기 이야기를 끝맺을 때 했던 말을 되풀이했다.

결혼은 할 만한 가치가 없는가

레프 니콜라예비치 톨스토이(1828~1910)는 도스토예프스키와 더불어 19세기 러시아 문학, 보다 정확히는 19세기 러시아 리얼리즘 문학을 대표하는 작가이다. 그는 우리에게 장편소설『전쟁과 평화』『안나 카레니나』『부활』의 작가로 알려져 있다. 그러나 그는 이 소설들 외에도 다수의 소설을 남겼다. 소개하는『크로이체르 소나타』는 톨스토이의 창작 후기에 해당하는 1889년에 완성되어 1891년에 발표된 작품이다.

『크로이체르 소나타』는 한 철도 여행객이 열차 안에서 밤새워 다른 여행객의 인생 고백을 듣는다는 이야기다. 형식은 그럴 경우 으레 사용되는 1인칭 화자의 회상이 아니라 생생한 대화 형식을 취해 생동감과 현실감을 더하고 있다. 19세기 러시아 문학에서 회상을 사용한 대표적인 작품으로는 푸슈킨의 『예브게니 오네긴』과 레르몬토프의 『우리 시대의 영웅』을 들 수 있다. 『크로이체르 소나타』에서 주류를 이루는 것은 1인칭 화자의 말이 아니라 그에게 자기 이야기를 들려주는 아내 살인범 포즈드느이셰프의 독백에 가까운 고백이다.

작품은 얼핏 보기에 질투심에 불타 아내를 살해한 한 인간의 이야기 같다. 그런 점에서 질투라는 고전적인 모티브를 중심으로 이야기가 전개되고 있다는 느낌을 받기 쉽다. 이 점에서 셰익스피어의 〈오셀로〉가 연상될지도 모른다. 그러나 『크로이체르 소나타』를 자세히 살펴보면 질투는 겉으로 드러난 것이고 안에 담겨 있는 것은 진정한 결혼생활의 의미에 대한 물음이다.

『크로이체르 소나타』는 1886년에 구상되었으나 약 삼 년간의 공백을 가진 뒤 1889년 여름에 집중적인 집필 작업을 거쳐 그해 연말에 비로소 완성되었다. 특기할 만한 일은 1888년에 톨스토이의 아들 세르게이가 바이올리니스트 율리 랴소타와 베토벤의 〈크로이체르 소나타〉를 합주한 일로, 톨스토이는 대단한 감명을 받아 이 모티브를 변형시켜 작품에 사용하였다. 1889년에 톨스토이는 작품의 제목으로 '크로이체르 소나타'와 '남편이 아내를 살해한 이야기'를 고려하다가 전자로 결정했다.

톨스토이가 이 작품에서 다루고 있는 문제는 대략 사랑, 결혼, 배우자의 부정, 여성해방, 자녀 문제 등으로 압축된다. 이 작품은 또한 당시 사회의 도덕적 타락상을 고발하는 작품이기도 하다. 장편소설이 아님에도 불구하고 이 작품이 톨스토이의 문학세계에서 큰 비중을 차지하는 것은 1880년대 들어 비관적으로 변화한 톨스토이의 인생관이 적나라하게 드러나 있기 때문이다. 이 시기에 톨스토이는 위선으로 가득 찬 러시아 귀족사회, 러시아정교에 회의를 갖고 러시아 농민, 초기 기독교 사상에 몰두하게 되고 그 결과 그는 점차 '예술가 톨스토이'에서 '도덕가 톨스토이', 이른바 '설교하는 톨스토이'로 변모해간다.

『크로이체르 소나타』에서는 1860년대, 1870년대의 작품들에서 찾아볼 수 있는 작가의 낙관적 인생관이 전혀 보이지 않는다. 이를테면 장편소설 『전쟁과 평화』에서 묘사되었던 피에르 베주호프와 나타샤 부부, 니콜라이 로스토프와 마리야 볼콘스카야 부부, 또는 『안나 카레니나』에서 묘사되었던 콘스탄틴 레빈과 키티 부부의 사랑과 행복한 가정생활 이야기가 더 이상 눈에 띄지 않는 것이다. 심지어 『안나 카레니나』에서조차 주인공 콘스탄틴은 키티와 결혼한 후 행복한 가정생활을 영위하면서도 인생에서 뭔가 미진한 것이 있다고 느끼며 자신의 삶에 회의를 품는다. 더불어 안나 카레니나의 부정과 죽음의 모티브는 이 작품 이후로도 다시 다루어지게 되니 『크로이체르 소나타』가 바로 그것이다.

『크로이체르 소나타』의 주인공 포즈드느이셰프에는 톨스토이의 다른 작품의 주인공들이 으레 그렇듯이 작가의 자전적 요소가 많이 실려 있다. 그의 결혼관, 여성관, 자녀관 등은 작가 톨스토이의 것과 크게 다르지 않다고 보아도 틀리지 않다. 이제 포즈드느이셰프를 중심으로 작품에서 제기된 사랑, 결혼, 여성 문제 등을 살펴보자.

먼저 작품의 첫머리에 등장하는 포즈드느이셰프는 범상한 모습이 아니다. 나이에 어울리지 않게 머리가 하얗게 세었다는 것은 그가 정신적인 고통을 많이 겪었음을, 번들거리는 두 눈은 그의 광기를, 안절부절못하고 줄담배를 피워대는 모습은 정서적 불안정을 시사한다. 또한 사람들과의 접촉을 피하는 모습은 그의 고독과 고독한 처지를 드러낸다. 그는 '나'로 묘사되는 주인공과 단둘이 남게 되자 비로소 자신의 이야기를 고백의 형태를 빌어 털어놓는다.

노년의 톨스토이에게 사랑은 더 이상 고상한 정신적 차원의 문제가 아니라 저속한 육체적 차원의 문제로 비친다. 작품에서 톨스토이의 견해를 대변하고 있는 포즈드느이셰프는 남녀관계의 본질을 육체적인 욕구의 충족에서 찾고 있다. 때문에 남녀의 사랑의 완성 형태인 결혼은 신성함과는 거리가 먼 동물적인 결합으로 이해되고 만다. 그는 사랑을 영속성을 갖지 못한 가변적인 감정으로 인식하기 때문에 부부는 정신적인 교감을 나누지 못하고 사소한 일상사가 발단이 되어 끊임없는 언쟁을 하게 된다고 믿는다(20장의 개 품평회에 관한 설전 장면 참조). 그는 또한 부부간에 존재하는 것은 사랑이 아니라 앙심과 악감정이며 이로부터 견해차가 발생한다고 주장한다(17장 참조). 일반적으로 원한은 견해차에서 비롯된다는 통설을 뒤집은 것이다. 이는 한때 친밀한 사이였기 때문에 원한이 더욱 깊어질 수 있음을 시사하는 것이라고 풀이될 수 있을 것이다.

이러한 부부간의 관계의 문제점을 해결하는 방안으로 포즈드느이셰프는 성욕의 자제를 내세우나(11장 참조) 이는 사실상 실현 불가능한 방안이다. 결국 결혼생활은 그에게 자유를 구속하는 일종의 감옥일 수밖에 없다. 그가 자신과 아내와의 관계를 하나의 사슬에 묶여 서로 미워하는 죄수에 비유하는 장면이나(17장 참조), 상대방을 서로 부추겨 범죄를 저지른 공범관계로 묘사하는 장면(13장 참조)은 이를 시사하는 부분이다. 그에게 탈출구는 없다. 그는 오로지 마음속으로 탈출을 염원할 뿐이다. 그가 여권을 꺼냈다가 그만두는 장면이나(20장 참조) 아내를 버리고 새 여성과 새 출발을 꿈꾸는 장면(20장 참조)은 얼핏 보기에 하나의 탈출구로 보일지 모르나 새로운 결혼생활로 이어질 경우 필연적으로 따르는 불화는 이전 결혼생활의 재현일 것이기 때문에 진정한 의미의 해결책으로 볼 수 없다. 바꿔 말해서 탈출구는 없다. 이는 비단 포즈드느이셰프뿐만 아니라 톨스토이 자신의 딜레마이기도 하다. 그런 맥락에서 볼 때 아내의 살해는 단순히 그녀의 부정(?)에 대한 응징이 아니라 그의 자유를 향한 염원의 발로로 풀이될 수 있다. 그가 무의식적으로 원했던 아내로부터의, 가정으로부터의 해방이었던 셈이다. 그러나 그는 아내를 칼로 찌른 직후 그것이 부질없는 짓이었음을, 또한 자신이 돌이킬 수 없는 끔찍한 짓을 저질렀음을 깨닫는다. 방문을 노크하는 소리의 주인공이 아내이기를 간절히 희구하는 그의 모습은 냉혈한이 아니라 비열한 한 인간, 소심한 한 인간의 모습일 따름이다.

자녀만 하더라도 더 이상 기쁨의 원천이 아니라 자신의 존재에 당위성을 부여하는 데 그치는, 또 하나의 고통의 원천으로 인식된다(16장 참조). 그럼에도 불구하고 포즈드느이셰프는 피임을 극구 반대한다. 피임은 여성을 쾌락의 도구로 완전히 전락시키기 때문이다. 그는 여성은 항상 임신과 출산, 수유, 양육에 전념해야 한다고 주장한다. 가사 이외의 일에 한눈을 파는 것은 곧 가정의 파멸을 가져온다는 것이다. 대표적인 예가 아내가 의사의 권고를 받아들여 임신을 기피하고 때맞춰 등장한 음악가에 호감을 갖고 예전에 그만둔 피아노를 다시 침으로써 궁극적으로는 죽음을 초래한 것이다. 포즈드느이셰프는 예술, 특히 음악은 정신적인 고양과는 거리가 멀고 인간으로 하여금 하고 싶지 않은 일을 하게 하는 최면 효과를 유발한다고 믿는다(23장 참조). 그의 이러한 부정적인 예술관, 음악관은 아내와 바이올리니스트 트루하체프스키와의 관계를 의심하는 데서 형성된 것이라고 보아도 무방할 것이다. 한마디로 포즈드느이셰프는 여성을 하나의 인격체, 인간이 아니라 성욕의 충족 대상, 쾌락의 도구로서만 인식하고 있다. 아무리 여성해방을 부르짖고 이를 실천하더라도 그를 비롯하여 사회의 여성에 대한 인식의 전환이 이루어지지 않는 한 여성해방은 한낱 허구에 지나지 않는다(14장 참조). 그의 그릇된 인식의 배경에는 사춘기 때의 여성 경험도 한몫을 하고 있다. 그 후 그는 결혼 전까지 방종을 일삼는데 문제는 그처럼 방탕한 생활이 사회적으로 문제가 되기는커녕 용납을 넘어서서 부추겨졌다는 점이다(4장, 18장 참조). 간통을 부추기는 사회 분위기도 비판의 대상이다(21장 참조). 쾌락 추구에 대한 비판은 비단 이 작품뿐만 아니라 이전의 『안나 카레니나』나 『광인일기』 그리고 『이반 일리이치의 죽음』에서도 찾아볼 수 있다.

포즈드느이셰프가 아내를 진정한 한 인간으로 인식하는 것은 아내가 숨을 거두기 전과 사망한 후 관 속에 누워 있을 때이다. 그는 비로소 자신이 속죄할 수 없는 일을 저질렀음을 깨닫고 회한의 눈물을 흘린다. 작품의 마지막에 등장하는 '용서해주오' '용서하십시오'라는 어휘는 주인공의 성 포즈드느이셰프와 더불어 주인공의 때늦은 후회를 상징적으로 나타낸다(러시아어에서 '포즈드느이'는 '때늦은'이라는 뜻을 갖는 형용사이다).

그렇다면 결혼은 할 만한 가치가 없다는 말인가? 그렇지는 않다. 결혼은 하되 서로 상대방을 하나의 인격체, 진정한 인간으로 존중해야 한다고 톨스토이는 역설하고 있다. 아무리 힘들더라도 말이다. 그렇지 않을 경우 비극적인 결말을 초래할 수 있다고 톨스토이는 경고하고 있다. 이 점에서 포즈드느이셰프의 다음과 같은 말은 시사하는 바가 크다.

"그들은 내가 아내를 10월 5일 칼로 살해했다고 생각합니다. 내가 아내를 살해한 것은 그날이 아니에요. 훨씬 전입니다.[24] 사람들은 지금도 죽이고 있지 않습니까?"

옮긴이 고일

---

[24] 즉, 아내를 미워하기 시작했을 때부터란 뜻.

톨스토이 연보

1828년 8월 28일 니콜라이 일리치 톨스토이 백작과 마리야 톨스타야(결혼 전 성은 볼콘스카야) 백작부인의 5남매 중 4남으로 영지 야스나야 폴랴나 에서 출생.

1830년 어머니 사망.

1837년 모스크바로 이주. 아버지 사망. 먼 친척 타티야나 예르골스카야 부인 이 5남매를 돌봄. 큰고모 알렉산드라 오스텐-자켄 백작부인이 후견 인이 됨.

1841년 알렉산드라 오스텐-자켄 백작부인 사망. 작은고모 펠라게야 유시코 바가 새로운 후견인이 됨.

1844년 카잔대학교 동양어학부에 입학하여 투르크어, 페르시아어 전공.

1845년 같은 대학교 법학부로 전학.

1847년 3월 17일 일기를 쓰기 시작. 카잔대학교 자퇴. 영지 야스나야 폴랴나로 이주.

1851년   3월 톨스토이 최초의 문학작품 「어제 이야기」 저술. 미완성으로 남음. 4월 형 니콜라이를 따라 카프카스 지방으로 감. 이곳에서 소위보로 군에 입대하여 산악부족과의 전투에 참여. 틈틈이 창작활동.

1852년   문학잡지 《소브레멘니크》에 「소년 시절」 발표.

1854년   다뉴브 군으로 전속. 이어 크림반도로 전출. 10월 중 《소브레멘니크》에 「청소년 시절」 발표.

1855년   「당구 계수원의 수기」 「산림 벌채」 발표. 세바스토폴 공방전에 참가. 「1854년 12월의 세바스토폴」 「1855년 5월의 세바스토폴」 「1855년 8월의 세바스토폴」 발표. 11월에 페테르부르크로 여행. 이곳에서 문학계의 대대적인 환영을 받음.

1856년   「눈보라」 「두 경기병」 「지주의 아침」 발표. 5월에 전역하여 영지 야스나야 폴랴나로 돌아옴.

1857년   1월 《소브레멘니크》에 「청년 시절」 발표. 같은 달 첫 유럽 여행. 행선지는 독일, 프랑스, 이탈리아, 스위스. 여행 중 받은 인상을 「네흘류도프 공작의 수기: 루체른」에 담음.

1858~59년   「알베르트」 「세 죽음」 「가정의 행복」 발표. 농촌 어린이 교육에 헌신.

1860~61년   두 번째 유럽 여행. 행선지는 독일, 프랑스, 이탈리아, 벨기에, 영국. 유럽 각국의 교육제도 연구.

1861~62년   지주와 농부의 분쟁을 조정하는 치안판사 직무 수행.

1862년   9월 23일 모스크바 의사 집안 출신의 소피야 안드레예브나 베르스와 결혼. 이때 신부의 나이는 18세, 신랑은 34세.

1862~63년   교육잡지 《야스나야 폴랴나》 발간. 「카자크인들」 「폴리쿠슈카」 발표.

1868~69년	장편소설 『전쟁과 평화』 발표.
1875년	「새로운 알파벳」 「러시아 독본」 발표.
1875~77년	장편소설 『안나 카레니나』 발표. 1878년에 단행본으로 출간.
1879~82년	러시아 정교회에서 탈퇴. 지주생활 청산 선언. 도덕적으로 완전무결한 참된 기독교 지향. 종교성과 윤리성을 강조한 「참회록」 저술.
1880~86년	러시아 평민을 위한 이야기 저술, 발표.
1881년	모스크바로 이주.
1882년	모스크바 빈민굴 인구센서스에 참가. 러시아 사회의 모순을 비판하는 일련의 글 발표.
1883~84년	「나의 신앙의 요체」에서 러시아 정교회를 신랄히 비판.
1889~90년	「홀스토메르」 「이반 일리치의 죽음」, 희곡 「어둠의 힘」 발표. 「크로이체르 소나타」 「악마」, 희곡 「교육의 열매」 발표.
1891~94년	흉작으로 대기근에 시달리는 농부들을 돕기 위한 캠페인 조직. 기근에 관한 일련의 글 발표.
1895년	「주인과 하인」 완성. 체호프가 찾아옴
1897~98년	「예술이란 무엇인가」에서 데카당 사조를 비판하고 국민을 위한 예술 강조.
1899년	장편소설 『부활』 발표.
1900년	희곡 「살아 있는 시체」 발표. 고리키가 찾아옴.
1901년	2월 러시아 정교로부터 파문당함. 12월에 건강 악화로 크림 반도에서 요양. 이곳에서 체호프와 고리키 만남. 요양 후 야스나야 폴랴나로 이주.
1902~10년	「무도회가 끝난 후」 「하지 무라트」 「무엇을 위하여?」 「신적인 것과 인간적인 것」 「세상에 죄인은 없다」 발표.

1910년 10월 28일 가족들 몰래 가출. 11월 7일 철도 간이역 아스타포보(현 톨스토이역)에서 사망. 11월 9일 야스나야 폴랴나에 매장.

* 이 작가 연보에 등장하는 날짜는 러시아에서 혁명 전에 사용되었던 구력에 따른 것으로 오늘날 우리가 사용하는 달력에 비해 12일이 빠르다―편집자 주.